시인이 자신의 대표작을 골라 뽑은 259편의 현대시조!

교과서와 함께 읽는 시조

시인이 자신의 대표작을 골라 뽑은 259편의 현대시조!

교과서와 함께 읽는 시조

ⓒ 오종문 외, 2017.

1판 1쇄 인쇄 | 2017년 09월 10일
1판 1쇄 발행 | 2017년 09월 15일
엮 은 이 | 오종문
펴 낸 이 | 이영희
펴 낸 곳 | 이미지북
출판등록 | 제2-2795호(1999. 4. 10)
주   소 | 서울시 강동구 양재대로122가길 6, 202호
대표전화 | 02-483-7025,   팩시밀리 : 02-483-3213
e - m a i l | ibook99@naver.com

ISBN 978-89-89224-40-2   03810

* 이 책은 〈2017 詩의 도시 서울〉 프로젝트 사업으로 "찾아가는 시조교실" 시조의 보급 및 교육사업 추진 계획에 의거 서울시의 일부 지원을 받아 출판되었습니다.

이 도서의 국립중앙도서관 출판예정도서목록(CIP)은 서지정보유통지원시스템 홈페이지(http://seoji.nl.go.kr)와 국가자료공동목록시스템(http://www.nl.go.kr/kolisnet)에서 이용하실 수 있습니다. (CIP제어번호 : CIP2017023053)

시인이 자신의 대표작을 골라 뽑은 259편의 현대시조!

교과서와 함께 읽는 시조

이미지북

왜, 다시 시조인가?

시조는 700년이 넘는 동안 창작되어 온 우리 고유의 정형시定型詩입니다. 긴 역사성을 가진 우리 고유 문학 양식 시조는 끈질기게 생성을 유지, 계승 발전되어 오늘에 이르렀습니다.

한민족의 몸에 흐르는 내재율이 담긴 시로, 어느 한 개인에 의해서 완성된 것이 아니라 우리 민족의 관습에 의해서 만들어지고 계승된 것입니다.

이처럼 시조는 현재까지 창작되어 오면서 깎아내고 갈면서 다듬어 온 틀로 우리 체질에 잘 맞는 시입니다. 우리 민족의 숨결에서 자연스럽게 우러나온 신명처럼 긴장과 풀림의 미학적 장치가 살아 있는 형식 체험의 시입니다.

시조는 3장, 즉 초장·중장·종장으로 구성됩니다. 초장은 시작하는 장이요, 중장은 초장을 이어받아 발전시키는 장입니다. 그리고 종장은 전체를 마무리하는 장으로, 초장의 내용을 이어받거나 발전시킬 수 있습니다. 또한 비약이나 전환, 위기 등 초장과 중장을 아우르는 구성의 묘가 이루어지는 장입니다. 연시조나 사설시조도 이 같은 3장으로 이루어집니다.

지금 우리는 서구에서 유입된 자유시로 인해 우리글로 이루어진 우리 문학의 정체성의 모호함을 드러내고 있습니다. 우리의 정형시 시조를 다시 생각해야 하는 이유입니다.

'시조'를 '시'와는 별개의 문학 장르로 인식하고 있습니다. 이는 해방 후 최초의 현대시를 현대시조에서 찾으려 하지 않고, 자유시에서 찾았기 때문입니다. 우리가 우리 고유의 정형시인 시조를 천시하고, 서구의 자유시를 아무런 의식 없이 받아들이고 따른 결과입니다.

그래서 우리는 '왜, 다시 시조인가?'라는 질문을 스스로에게 던져보아야 합니다.

독자들로부터 사랑 받는 작품은 가장 민족적이면서 동시에 가장 세계적인 작품이어야 합니다. 그것은 한국 문학의 정통 양식인 시조밖에 없습니다. 시조는 세계 어느 문화권의 시 형식보다도 간명한 시 양식이며, 융통성이 많은 자유로운 시 형식으로 변형이 자유롭기 때문입니다.

『교과서와 함께 읽는 시조』는 "시의 도시 서울" 프로젝트의 "찾아가는 시조교실" 교재로 기획되었습니다. 국민 속으로 들어가는 시조의 생활화와 교과서에 현대시조를 싣는 일과 시조 짓기 교육의 활성화가 중요하다는 인식 때문입니다.

이 책에는 현대시조 흐름을 한눈에 읽을 수 있는 시인 259명의 대표작이 실렸습니다. 또한 시조의 기본이라고 할 수 있는 평시조를 비롯해 연시조, 사설시조, 동시조 등 현재 창작되고 있는 시조의 다양한 유형들을 살필 수 있어 시조를 이해하고 창작하는데 도움을 주는 교과서 같은 역할을 해줄 것입니다.

시조에 대한 이해와 감상의 범위를 넘어 대한민국 사람이라면 매일 시조 한 편을 짓고, 읊을 수 있는 삶에 가치로 이어졌으면 합니다.

끝으로, 시조의 미래를 위해 저작권 사용을 허락해주신 시인들께 진심으로 감사드립니다.

2017년 9월, 엮은이 오종문

차례 | 교과서와 함께 읽는 시조

ㅅ

10

13

강경주

흙으로 스미는 기척
— 노모의 설법說法

고추밭을 매다가 궁뎅이 놓고 앉았는데
흙으로 스미는 기척이 부드럽고 아늑하더라
눈빛을 고요히 받는 흰 구름 또한 편하더라

하늘이 처음처럼 새롭고 눈부신 것이
내 것이 아닌 것들은 다 한가하고 넉넉하여
이 한 몸 흙을 생각을 하니 죽음 또한 신비롭더라

눈 씻고 마음 씻었는데 갈 데 따로 있겠더냐
궁뎅이 밑자리도 풀들이 자라는 걸 보니
한 마음 놓은 이 자리도 내 자리는 아닌 기라

엊그제는 청양댁도 산으로 영 들어갔다
다 가고 혼자 남아 담배 한 개비 피워 물면
생生이란 이해할 수 없는 참 실없는 농담 같다

세상이 바라는 것 없는데 난들 뭣을 바라겠냐
흙을 떠난 삶이란, 거 다 허수아비인 것인디
헛소리 거 작작해라 내사 여기가 천당이다

강경화

메타세콰이어 길에서

저마다의 속도로 푸른 시간이 흐른다

하늘은 전하지 못해 웅크린 말들처럼

우거진 잎 사이마다 그렁그렁 갇혀 있다

번지는 마음보다 늘 더딘 걸음걸이

그늘 한쪽 휘청일 때 주춤대며 또 멎는다

스스로 일으킨 먼지가 발등을 덮어온다

그대의 기억 속에 나는 잘 있나요

그리움은 그 얼마나 빛나다 사라졌을까

푸르던 한때가 떨어져 먼 길부터 젖어온다

강문신

코뚜레 들녘

길은 얼떨결에 반환점 휘돌아갔어
뉘 모를 아쉬움만 저만치 나앉아서
골똘히 반생을 보네 술 사발 기울이네

FTA 나발 불지만 곧들을 농심은 없어
건힐라면 도로 안개 겹겹 그 어질머리
들녘은 코뚜레 황소냐, 그저 묵묵 끌고 끄는

기를 써도 겹던 날들 부릴 수도 없던 날들
돌아보면 아득도 해라 가슴 치는 이 그리움
여인아, 해동解凍의 들녘으로 우리는 다시 가자

강애심

고사리

첫새벽

저 들녘에
솟아오른 영롱한 빛도

납작납작 낮아져야
비로소 눈에 보이는

할머니 등짐을 지고
허리 한 번 못 펴보고

강영환

북창을 열고

북풍은 유리창에 성에를 몰고 와서
창살을 가로 세로 주저 없이 박아 놓고
한 세상 바깥을 건너 지나가고 있느니

북창을 열어 젖혀 북풍과 마주한다
대륙성 고기압에 찢겨지는 겨울하늘
대낮도 햇빛이 가려 그림자만 크느니

북창을 뛰어넘어 검은 동토 벌판까지
한반도 시베리아 북극해 결빙까지
품어 온 입김을 토해 녹여볼까 하느니

강은미

감꽃, 눈에 익다

바람이 손끝마저 놓아버린 입하 무렵
'곱은다리' 감나무도 겨운 듯이 굽은 저녁
아기 새 노란 부리로 감꽃들을 쪼았지

감꽃에 허기 달래던 내 아우가 생각난다
비 오면 빗길에서 고무신 접어 배를 띄우던
그 어느 감꽃 지는 밤 그 배 타고 떠났지

사람은 다 떠나도 감나무는 거기 있었네
이십 리 등하굣길 먼발치 눈인사처럼
귀 밝은 감꽃 하나가 손금 위에 놓이네

강인순

찔레

이쯤에서 돌아보면 너무 먼 봄날이다

문법에 서툰 편지를 쓴 것도 그때쯤

결국은 부치지 못해 가시만 여태 돋고

강정숙

그, 달팽이 집

흰 달빛 비린 바람만
제집이라 드나들던

범내골 산동네에 숨어 차린 비렁 살이

먼 데서
빛나는 별에게,
생의 좌표를 묻곤 했네

문지방 너머로는
물이끼만 가득했네

밤에 길을 나서는 매무새 가벼운 사람의

사나흘
쪽잠과 같은,
고단하고 포근했던…

강지원

성북동 스캐닝

비둘기 머뭇대는 국수집 앞 네거리
블록처럼 쌓은 시간 꿈조차 접혀 있다
잉크 빛 호루라기 분다
태엽 풀린 삼십 년

난민처럼 떠내려 와 퇴적물로 걸려 있는
신문팔이 스토리 가로등이 조명한다
스며든 달빛 안부로 가족사 쓰고 있다

관절 풀린 골목들이 위로 받는 저녁이다
칩 하나 빠져 있는 신생국 LTE 시대
외면한 허섭스레기 옆 고개 내민 꽃이 있다

강현덕

마라토너

생각보다 먼 데서 왔는지도 모른다
태고의 바람이 훌쩍 그네를 밀어
처음엔 그저 밀려서 출발했을 것이다

어느 순간에는 주저앉고 싶었으리
근육이 찢어지고 심장은 터질 듯해
공포의 혓바닥 위에서 콰르릉 우짖었으리

주문진 푸른 광장 완주 앞둔 저 파도
월계수 잎새로 튕겨 내는 은빛 포말
흰 새는 그 속에서 태어나 하늘로 오를 것이다

고동우

정선아라리

명치끝 돌아들어 되우치는 그 정한이
숨 밭은 바람 섶에 무심히 들어 앉아
정선골 수묵화 한 폭 채록하는 삶의 소리

굽이굽이 휘갑치는 애환의 실타래를
그림자도 등이 휘는 이 생의 설운 터에
오방색 씨실날실로 한을 푸는 살풀이

고은희

봄날, 공터

버림받은 것들끼리 몸 비비는 좁은 공터

자본도 월급도 못 돼 온몸이 쿨럭이는

저 사내 식욕이라곤 도무지 없어 보인다

팔다리 신경까지 먹어버린 시간 앞에

웃자 하고 마주 보다 젖은 마음 볕에 말려

여자는 그림자까지 가세해서 다독이다

상추 쑥갓 한 줌 씨앗 이랑이랑 심는다

툭툭 차며 투덜대던 바람도 어깨 낮추고

가끔은 빗방울의 혀가 핥으며 놀다 가자

풋것들 제 딴엔 뽀자뽀작 숨이 차도

어제보다 푸른 오늘 눈빛이 환하다

응달쪽 디딜 곳 없는 사람들 허공에 길을 낸다

고정국

풀

뜨거웠네, 김을 매는 맨발 바닥이 뜨거웠네
까만 화산회토에 종일토록 내리 쬐던,
칠팔월 목 타는 땅에 풀도 나도 타던 때

바람이 동에서 불면 이 땅엔 비가 왔네
비 오면 풀뿌리가 땅을 바짝 움켜쥐고
머리채 다 뽑히도록 기를 쓰고 버텼네

바랭이는 바랭이대로 엉겅퀴는 엉겅퀴대로
독초는 독초대로 약초는 약초대로
하늘이 허락한 키로 제자리를 지키며,

신음은 있었지만 풀은 결코 울지 않았네
눕는 시늉하지만 풀은 결코 눕지 않았네
슬퍼도 아침이 오면 눈물 금세 거두며

농사도 짓지 않고 김수영은 〈풀〉을 썼네
18행 142자를 단숨에 쓴 것 같은
일년생 풀 같은 시가 한 백 년을 사는 땅

이제 풀 가까이 눈높이를 낮추리라
초록 물 뚝뚝 지는 그런 시를 가꾸리라
풀밭에 풀처럼 살다가 시詩만 두고 가리라

공영해

아카시아 꽃숲에서

벌보다 내가 먼저 꽃자리를 펴고 앉아
꽃버선 하얀 속살 그 향기에 젖노라니
유년도 언제 왔는지 슬쩍 옆에 앉는다

황토뿐인 민둥산에 아카시아 심어 놓고
두어 됫박 압맥으로 보릿고개 넘던 날은
십 리 길 아린 십 리 길 필통소리 딸랑였다

유모차 쉬다가는 검버섯 핀 돌담길에
몸은 숨겼어도 들켜버린 그 숨소리
은발의 술래가 되랴, 선돌바위 그 소년

아이들 웃음소리 꽃술처럼 피어나서
따고 따도 끝이 없는 채밀의 저 날갯짓
활짝 핀 시간의 향기 꽃숲 가득 넘치다

곽홍란

꽃, 위파사나*

진구렁
그 정수리 고요는 스며들어
아득한 어둠에도 타오르는 길 열었나
저렇듯 등불 밝힌다
제 속바람 다스려

품었던 흰 하늘
내리고 또 내려놓으며
끝없이 나들던 바람 낱낱이 다 재운 뒤
제 살갗 꿰뚫은 자리
그 공허가 세우는 꽃대

대궁 하나 세우며 진창에 눈 귀 씻고
대궁 하나 세우며 혀끝의 독을 풀어
그제야 붉은 송이 꽃
피워 문다, 연蓮

* 위파사나 : 불교 수행 과정, 통찰이란 뜻을 지님.

구애영

책 읽어주는 곡비

너의 이마 위에 생각을 읽어준다
긴 겨울 지우지 못한 행간의 붓 꽃잎
가지들 잔기침 소리
뒤척이는 도돌이표

어깨에서 빛이 노래할 때 갈필을 따라
곁에서 책 읽어주다 또 다른 얼굴이 되어
호명을 기다리는가
떨고 있는 종이 위에서

지켜보지 않으면 어디까지 가버릴지
때때로 까닭모를 이런 봄날 빗소리 되어
뼈 속에 감도는 울음
이 밤 온통 붉다

권갑하

도다리쑥국의 추억

뿔 돋듯 삐죽삐죽 비로소 봄이 오면
아내의 투정은 퍼렇게 멍이 들었네
바다도 어쩌지 못해 온몸을 뒤척이고

종일 한쪽만 보는 밍밍함이 나는 싫어
풋내 나는 첫사랑의 사진첩을 펼쳐 놓고

이렇게 억세졌구나,
한탄하듯 출렁일 때

너무 오래 삶으면 향 다 빠진다며
봄빛인양 그녀는 슴슴하니 끓여낸다

그렇지! 양념 없어도,
맛난 게 천지삐까리래도

권도중

색^色을 빼다

옥상에 풀밭에 빨래를 걷는 시간
시간의 저녁밥은 다 되고 있고요
접어서 사용할 수 있는 기다림이 있지요

후에 아름다워질 글씨가 남은 여인은
혼자 깊어 딱히 갈 곳 없는 침묵은
당기는 피의 고집을 걷어 내고 있어요

저녁이 사골에서 붉은 색을 빼고 있어요
어스름에 다 걷어내고 나면 원래대로
하늘엔 저녁의 색^色만 아무 것도 없겠지요

권영희

시간이 고이는 저녁

사려 깊은 사람처럼 속이 꽉 찬 배추와
저 혼자 양껏 자란 청무 잎을 만난 저녁
어머니 손맛 떠올라 입에 침이 고인다

살짝 데친 잎에다 송송 썬 추억을 얹어
된장까지 올린 쌈을 미어지게 한 입 물면
햇살에 그윽해진 맛이 입 안 가득 번지는

나이를 먹는다는 건 일테면 비로소
무진장 엄마 맛이 그리워진다는 것
어릴 적
데면데면하던 일들이
때로 몹시
고프다

권정희

갈잎, 붉다

산이 우는 소리를 들어본 적 있는가

온갖 꽃들 훌훌 지고
비 뚝뚝 듣고 난 후

오지게
초록에 묻혀
꺼이꺼이 우는 소릴

가풀막 길 능선자락
귀 열고 선 나무들

아무나 들을 수 없는
굽이도는 저 울음을

잎마다
풀어 놓는다
가을이면 저리 붉게

권혁모

첫눈

1.
첫눈은 하늘에서 오는 것이 아니란다
눈망울 속 고인 사랑이 홀씨로 떠다니다
연둣빛 당신 가슴으로
뛰어내리는 거란다.

첫눈은 겨울에만 오는 것이 아니란다
해종일 반짝이다 소등한 자작나무 숲
목이 긴 기다림 끝에
등불 들고 오는 거란다.

2.
금모래 긴 강변길
손 잡고 걷던 첫눈아
헤매고 헤매어서 마주치는 바람 속에서
산목련
새하얀 날들이
흔들리며 내려온다.

김강호

개복숭아 사랑

볼그스름 저녁놀이 내려앉던 강점기
복사꽃빛 고, 미쁜 게 감쪽같이 끌려 간 뒤
하, 그리 불러재껴도
기별 한 번 없습디다

층층 깊은 기억 갈피 허튼 생각 자꾸 돋아
눈물로 어룽져서 끈끈하게 흐를 때면
독하게 남은 상처에
피고름만 도집디다

청춘 죄다 말라붙은 채 폭삭 늙어 돌아와
끓는 울화 퍼내어 초록으로 펼쳐두고
쭈그렁 젖퉁어리를
얄망궂게 숨깁디다

수만리 세월을 감아 뼘 남짓 된 둘 사이
산 같은 설움 삭이고 청춘으로 다시 피어
지난날 잊고 살자 해도
돌아서고 맙디다

김계정

달의 집

어둠 속에 지어 놓은 아주 작은 집 한 채

먼먼 동화의 나라 토끼는 살지 않는다

누굴까 빈집에 가득 찬란한 빛 채운 이는

한결 같이 천년 쯤 사랑하면 달이 될까

그리워 기다리다 빛이 되어 지은 집

가까이 가지 못하고 그림자만 밟았다

김광순

새는 마흔쯤에 자유롭다

뜨거운 발자국, 하나 둘 헤아리다
바람이 지나가는 꽃과 꽃 사이에서

늘 혼자 숨은 곡조로
산모롱이
오르다가

저 하늘 언저리에 가만히 손 내밀어
그리운 베고니아 절반쯤 쓰던 편지

온 세상 어디로든지
날아가라
새들아

김남규

문장의 광장

문장이 모여들면
두꺼운 노래가 되니
사람이 리듬이 되면
얼마나 거대한가
우리는
범람할 것이다
너울로 갈 것이다

모든 길에 쏟아지듯
모든 길을 터뜨리듯
현실보다 묵직하게
세상보다 시끄럽게
아침에
먼저 도착할 것이다
노래는 힘이 세다

김덕남

목탁 소리

허기진 황조롱이 발톱 세워 내려본다

쫑긋한 다람쥐가 손 부비며 올려본다

두 눈길 부딪는 순간 똑또그르 똑 똑 똑

골기와에 앉은 바람 먹구름 훌훌 걷고

스치듯 마른 붓이 하늘 한 필 풀고 있다

허공에 먹물을 찍는 깊디깊은 저 소리

김동인

종이꽃
—strawflower

바스락 첫 키스에 입술이 말랐을까

손끝을 베일 느낌 참말로 종이 같다

에이 포 용지를 구겨 색감 입혀 놓은 듯

좋겠다 모든 상상 종이꽃이 된다면

외출하는 꽃말들 송이송이 시 한 편

구겼던 종잇장 펴면 쏟아질 느낌표들

김동찬

불타는 아마존

아마존의 불길이
개발개발 달려온다

숨바꼭질 아니야
서둘러라
도망가라

나무와
나무늘보 사이
저 아기 나무늘보

김미정

부끄러운 시
―윤동주

부끄러움 알기에
서늘한 그 머리맡

제 가슴 치고 받아도
한 점 허락지 않아

저 먹빛 스물아홉 해
스러지는 별자리

햇살에 옮겨달라는 그 꿈 뼈아픈 시

혼돈과 침잠 속에 오롯이 놓인 한 줄 시

죽어서 다시 살아날 부끄러울 수 없는 시

김민정

부표를 읽다

바다와 첫 상견례 후 거처를 옮겼는지
물결의 갈기 속을 제 집처럼 드나들며
등줄기 꼿꼿이 세워 숨비 소리 뱉는다

낡고 헌 망사리만큼 한 생도 기우뚱한
햇살 잘게 부서지는 물속을 텃밭 삼아
수평선 그쯤에 걸린 이마를 씻는 나날

손아귀에 움켜쥔 게 목숨 같은 것이어서
노을도 한 번씩은 붉디붉게 울어줄 때
등 푸른 고등어같이 잠녀들이 떠 있다

김범렬

공갈빵* 나무

낡삭은 둥지 하나 가지 끝에 흔들리는
마로니에 공원 한끝 발그레한 꽃망울이
떨리는 가슴을 열고 공갈빵처럼 부푼다.

밤낮없이 이에 저에 남발한 공짜 티켓
허기진 무대 위에 선웃음 풀고 있다.
속 둥근 박수 소리에 눈시울이 붉어진다.

가슴마다 별을 품고 해바라기 하던 날들
움켜쥔 맨주먹에 힘줄 툭툭 불거질 때
대학로 연극 마당에 튀밥 펑펑 터뜨린다.

* 자목련의 꽃망울.

김보람

겨울은 아버지의 거짓말

나는 허기져요 겨울의 아버지

더 이상 주린 배를 견딜 수가 없어요

첫눈이 내리는 순간 사라지는 한 사람

눈이 내려요 툭툭 발끝에서 끝나는 눈

조용한 사람과 더 조용한 한 사람이

바닥에 무릎을 꿇은 채 눈 속에 파묻혀요

깍지 낀 손을 팔아 포옹을 산다면

무서워요 다정함이 창백하고 길어서

언 것은 녹는 것입니까 창밖을 보세요

김복근

매미의 말

참매미 우는 복날 가을이 꿈을 꾼다

소낙비 지난 자리 아랫배 힘이 되어

수액이 차오른 나무 숨결도 여유롭다

사랑이란 가까이서 뜨겁게 울어주는 것

목마르게 갈구하며 황홀해진 목청으로

잠든 혼 경종을 치듯 폭염폭염 울어 예다

한 생애 쌓은 공덕 한 이레 소진하여

빈집이 된 몸뚱이 톡 하고 떨어지는

그대는 거룩한 장송, 하늘이 드높아라

김삼환

어떤 내력

집수리를 하다가 싱크대 밑에 숨어 있는
쓰다 만 문서 몇 장 버리기 전 펼쳐보니
야경을 인수인계한 계약서가 붙어 있다

아마도 그는 전에 평생의 꿈을 살려
밤무대 조명등을 꼼꼼하게 점검하곤
다부진 사각 창틀을 고정시켜 놓았을 터

하나 둘 불 켜지는 언덕배기 밤풍경이
바람에 서걱이는 창을 두고 떠난 사람
오늘은 저녁 달빛에 새 소리도 보낸다

김선호

양파

뿌리란 뿌리 죄다 땅 속으로 숨어들 때

당당히 불의에 맞서 지상으로 나온 그대

염천을 이겨 낸 몸 속

향기 참 은은하다

모진 고문 견디느라

봉두난발 널브러져도

속 깊이 저민 뜻을 겹겹이 쟁여 두고

의연히 눈 부릅뜨던 기미년의 독립투사

김선화

뜨거운 밥

거실 한켠 고무나무 병든 잎을 떼어 내자
울컥, 터져 흐르는 뽀얗고 진한 국물
줄줄이 매달린 잎 모두 식솔임을 알겠다

"얘야 아플 땐 더 잘 먹어야 해"
한 술 더 먹이려는 엄마 소리 들리고
하얗게 김이 오르는
엄마밥이 보인다

김선희

입춘맞이

갈수록 살기가 팍팍해진다는 뉴스
달려오는 봄처럼 젊음이여 피어나라
시간이 어둠 속에서 나를 흔들어댄다.

잠 속에서 뒹굴던 어제의 꿈 떨쳐 내고
달려오는 바람 속에 솟아나는 연둣빛
오시 듯 처음 오시 듯 새봄의 옷을 짠다.

피는 것 너의 마음 숨어본 떨림처럼
내 마음 못 미더워 흔들리는 봄바람
다시 올 청춘의 힘을 기다리는 목마름에.

김세진

시詩의 밭을 가다

시를 쓰지 않는 게으른 나를 끌고
유월의 햇살 아래 닿은 안심습지
여지껏
객토되지 않은
내 마음의 한 구석

나무와 새들보다 앞서 노래하는
그의 이야기는 시가 되어 흘러간다
습지를
보담아 안은
그 마음이 시詩밭이다

큰고니 흰뺨 청둥오리 떠난 빈자리 가득
둥그런 수련 잎들 바람도 잠시 머무는
저물녘
내 마음 한켠
젖은 습지가 된다

김소해

하늘 빗장

어디에 신은 계신지 알지도 못하지만
아들의 가는 길에 한 그릇 찬물이나마
밝히어
부탁할 수 있다면
빌고 또 빌 뿐입니다

심장의 무게가 고작 깃털 하나일진대
영혼의 무게는 어느 저울입니까
그 저울
찬물 한 그릇에
밝아오는 동녘 하늘

저 깊은 저울 위에 송두리째 얹습니다
새벽빛 물의 무게 산처럼 높습니다
마침내
당신 기도에
풀려오는 하늘 빗장

김수엽

감나무 생각하다

세찬 빗방울이 내 눈을 열고 들어왔다
물 젖은 살갗 뚫고 푸른 잎 웅성거리면
마침내
가을 여행이 야무지게 시작된 게다

자꾸 헛발질하는 물방울이 아파 보이고
씨앗을 구겨 넣었던 저 땅 속의 소식들
나무는
저 우듬지까지 감꽃으로 채웠다

잘 우려진 계절이 주렁주렁 매달렸다
입 안에 숨어 있던 단맛이 튕겨 나오고
벌겋게
말 걸어오는 할머니의 모국어

김양희

곶감

깎이는
아픔에서

마르는
설움까지

문제 삼지 않으련다
분단장하고 앉아

다디단 추억만 남겨 너에게로 보낸다

김연동

은빛 와온

  이내 겨울이 오면 처방전이 바뀌겠지 까닭 없는 슬픔
에도 익숙해진 이마 위로 찬 계절 채비를 하듯 여우비가
지나간다

  파도가 밀고 오는 꼬였던 발자국들, 그 흔적 쓸어 주던
늦은 가을볕이 등 굽은 어깨를 치며 단풍 진다 서두르네

  뉘 모를 보푸라기 다독이는 아내에게 바람에 구겨진
옷 다림질만 시켰구나 아픔을 혼자서 삭인 그 눈물을 몰
랐구나

  빗금 친 시린 날들 허전한 삶의 뒤끝 몸보다 마음의 병
깊어가는 시간 앞에 내 은발 기대선 와온 노을빛도 은빛
이네

* 와온 : 순천만의 아늑하고 아름다운 어촌 마을.

김연미

2016 수선화

습관처럼 내뱉는 모른다 그 대답에

일 퍼센트 기대마저 손을 놓는 이 겨울

바닥이 바닥을 보이며 벌거벗고 있을 때

무리지어 피는 꽃은 쉽게 꺾이지 않더라

바람 부는 쪽으로 촛불을 켠 수선화

이 겨울 다 지나도록 일렁이고 있었다.

김 영

시장 가는 길

큰 비 뒤 자분자분 는개가 내린 길목

시장 통 좌판 위에 도라지 더덕 부추 깻잎

푸릇한 햇나물거리 어린 순이 해말갛다

묵은 감자 무더기 쭈그러든 한 옆으로

유채꽃 장다리꽃 목련꽃 한 소쿠리

누굴까 꽃 좋아하는 이 봄을 팔러 나왔네

천 원어치 찐빵 세 개 하얀 김 베어 물다

가겟집 차일에서 왈칵 쏟은 빗물에

죄 짓곤 못살겠다며 놀란 가슴 쓸어내는

등 굽은 할머니의 지척이는 걸음새를

할아버지 한 쪽 팔로 단단히 감싸 안고

백발을 잘 빗어 내린 사람 인ㅅ 자⁴ 걸어간다

김영란

바다의 신호등

"오른 쪽 조심조심"
빨간 등대 빨간 불빛.

"왼쪽도 조심조심"
하얀 등대 초록 불빛.

"위험해,
가까이 오지 마!"
노란 등대 노란 불빛.

김영순

가장 안쪽

잠시 잠깐 뻐꾸기 울음을 멈춘 사이
삼백 평 감귤밭에 삼천 평 노을이 왔다
넘치는 감귤꽃 향기, 더는 감당 못하겠다

이렇게 내가 나를 이기지 못하는 시간
하루 일상 시시콜콜 어머니 전화가 온다
말끝에 작별 인사를 유언이듯 하신다

어제는 방석 안에 오늘은 속곳 속에
당신의 장례비를 꽁꽁 숨겨두었단다
치매기 언뜻 스며든,
세상의 가장 안쪽

김영재

아기 미라

실크로드 박물관에 강보에 싸인 아기 미라

유리관에 누운 모습 요람인 듯 평온하다

엄마는 비단길 가셨나 혼자서 잠들었네

김영주

상처

썼다간 지웠다가
지웠다가 다시 쓴다

보낼까
아니,
말까
망설이다 꾸욱 누른

널 향해 떠난 메시지
돌아오지 않는다

김영철

바닷가 모래밭 노트

바람이 그어 놓은 비뚤비뚤한 다섯 줄 위
갈매기는 마디마다 음표를 그려 넣고
물결이 바다 이야기를 멜로디로 만듭니다.

지우개가 필요 없는 크고 하얀 종이 위에
사람은 발자국으로 이야기를 적어 넣고
파도가 어깨동무하고 한 줄 낙서 남깁니다.

김용주

봄, 도산서원

완락재 앞마당에 꽃들의 난장亂場

수백 년 고목나무 환한 꽃등 내걸 때

쉼표의 문장부호가
앞 샛강에 반짝인다

어쩌면 그 자리에 거문고 홀로 뜯었을

한 선비의 붉어진 눈 시린 가슴 다독일까

저 봄꽃 경청의 순간을
소리 내어 응답한다

김윤숙

차마고도

묵혀 둔 차*도 없이 올랐음을 알아채었나

맞닥뜨린 말 행렬 비키라는 듯 휘젓는 손

등줄기 저 가파름을 거뜬히 올려놓는다

그 어디서나 똑같은 사람의 자취는

말 잔등 위 여물의 숭고한 무게만큼

허공에 가벼이 실리는 한 생의 한 시점일

어디까지 이르러야 다시 또 지평에 닿나

달라붙는 흙먼지 속 새어나는 말똥 냄새

높은 길 서두는 걸음이 자꾸 나를 되돌린다

김윤숭

최루탄

세월의 모습 보니
눈물콧물 흐른다

빌딩보다 더 거대한
통한의 저 최루탄

때마다 5천만 눈물샘
한꺼번에 터뜨리는

김윤철

대화법
—동물원에서

하이에나가 웃는다, 나무늘보가 웃는다
98.77%의 인간이라는 침팬지도 웃는다
웃어야 할 때를 몰라, 보면 그냥 웃는다

먹이를 함께 먹고 상처를 핥아 주며
어미 잃은 새끼에게 제 가슴을 내어 주는
그들의 참 대화법은 한결같은 웃음이다

거울 속 나를 향해 나 먼저 웃어본다
잘못 끼운 셔츠의 첫 단추를 다시 채우고
속니가 들어나도록 소리 내어 웃어본다

김의현

워터홀

사막이 열어 놓은 가슴 속 물웅덩이
사자와 어린 기린의 생명을 받드는 일
한 번도 메마른 적이 없다지요 지금까지

맥없는 갑질이나 사냥은 반칙이라고
사소한 간청이나 모호한 약속 없어도
믿어요, 방도 없지요
막연한 합의지만요

저만치 물러앉은 석양도 잠이 들면
서로에게 등 기대고 고만고만 사는 일도
수척한 낮은 달빛을 기다리는 일이지요

김일연

기다림

어제오늘내일모레
어제오늘내일모레
어제오늘내일모레
어제오늘내일모레

모눈이 터질 것 같은

미친
목마름

김임순

통증클리닉

평생을 혹사해 온 오른팔이 탈났다
병원을 모르고 살아온 고마운 날들
습관이
끊어내는 아픔
굳은 수고 알게 되는

재바른 솔선수범 노동만 감당했을까
버거운 생을 들고 당기고 밀쳐내고
돌아 본
사용설명서
그 침묵을 읽는다

김　정

제적봉 평화전망대

이제 더 갈 수 없는 강 하나 사이에 두고

바람은 깔깔대며 하늘 길 넘나든다

팽팽히 당겨진 시간 갈매기도 멈칫대고

망원경 너머에는 세월이 졸고 있는

어설픈 그림 한 폭 철조망에 걸려 있다

빗돌에 새겨진 이름들 수척하게 야위는데

김정연

대숲에서

우리 인연
즈믄해 건넌
바람인 줄 알고부터

숨결 마디마디 청대를 심었습니다

깊은 밤
대숲 감도는
꿰나* 소리

당신인가요?

* 사랑하는 이의 정강이뼈로 만든 악기.

김정희

구름 운필運筆

바람 한 점 앞세우고 붓을 든 그의 손길
흘림체 일필휘지로 상징의 말 적고 있다
비백飛白의 흰 울음 품고
길 떠나는 음유시인

하늘 한 자락 펴고 그려보는 달 발자국
송이송이 피운 꽃도 초서체로 날리며
썼다가 지워질 어록語錄
쓰고 또 쓰고 있다

결코, 한 자리에 머물 수 없는 그의 숙명
연鳶처럼 뚫린 가슴, 근육골기筋肉骨氣* 휘감아도
어스름 발묵發墨질 무렵이면
가뭇없는 이름이여

---

* 형호荊浩의 '필법기筆法記'에서 제시된 필획의 사세四勢. 동양화의 평가
  기준을 제시하는 데도 적용適用.

김제현

헬스장에서

러닝머신을 타고 달린다.
앞만 보고 달린다

달려도 달려도
한 발짝도 못 나가는

딸리는 주력^{走力}, 제자리걸음
타박타박 숨이 차다

눈을 감고 뛰었는가
눈을 뜨고 뛰었는가

한 걸음도 못 나간
나의 보법^{步法} 러닝머신

내려와 숨을 고른다
늙은 이 허세를 접는다.

김조수

삽살이 똥털 같은

못 본 척하면서도
세상 풍경 그려 보고

못 들은 척
하면서도
귀 열고 듣고 있는

토종견
천 리 길 귀신
후각으로 잡는다

믿을 것도
숨길 것도
더 이상 없는 세상

내 눈빛
숨기지 마라
양심 고백 할 뿐이다

삽살이 똥털 같은 세상
부끄러워 죽을 판이다

김종길

거짓말 구멍
－치밭목 산장에서

씻은 바람 치밭목에 햇살이 스며든다
손바닥으로 받쳐들고 퍼마시고 세수를 한다
애타게 찾아 헤맸던
바로 그 맛 순수

거짓말을 걸러 내는 구멍을 하나 만든다
나는 가장 먼저 사랑을 통과시키고 싶다
맘속에 살이 되어버린
오래된 맛 거짓말

창문을 통하여 한 줄기 달빛이 들어온다
손가락을 가져가 찍어 먹고 맛을 본다
아직도 내 열쇠 구멍은
거짓말을 통과시키고 있다

김종빈

모국어, 모국어

이국의 며느리가 꽃밭이라 좋아하는

뼈마디로 일궈 온 한 생의 묵정밭

어쩌면 저리 시리게 아오자이 빛일까

마흔이 훌쩍 넘은 막내아들 장가가던 날

첫딸 낳아 홀트에 보냈노라 목을 놓던

울 엄니 메마른 밭에 흐드러진 개망초꽃

네 맘 알 것 같다며 몸짓으로 건네는 속내

마파람 부는 날이면 이명으로 들린다는

누이의 배냇저고리 울음 붙은 저 옹알이

김종영

질경이

길은 비킬 수 없다
차라리 밟고 가라
소진한 희망들이 바닥에 쓰러져도
저항이 몸에 밴 유전자
사방으로 튀고 있다

밟히는 걸음마다
믿음의 흙을 다져
군홧발 밀어 내고 피고 지던 그 날처럼
오늘을 이끈 깃발이
초록으로 다시 선다

김주경

잔도공[*]

아득한 저 하늘이 전장이고 침실이다

그림자도 오지 않는 적막한 허공에서

믿을 건 겹겹이 엎드린 바람과 구름뿐

흔들리는 삶은 늘 벼랑 쪽으로 기울고

발아래엔 무성하게 자라나는 크레바스

가난은 두려움을 건너는 유일한 징검돌이다

새로운 길 하나가 무르익을 때까지

날이 선 땡볕들은 허공을 발라내고

마침내 휘어지는 여윈 등, 날개가 완성된다

---

* 잔도공 : 일반 사람들이 쉽게 접근하기 힘든 가파른 절벽에 길을
만드는 사람.

김진길

설국雪國

큰 눈이 내린다는 예보를 뒤로 하고
눈발 잉잉거리는 에움길로 나절가웃
발목이 푹푹 잠기는 한 산간에 든다.

함묵이 딛고 오른 눈부신 고요의 층계
단 한 번 미동에도 와르르 무너질까
숨죽여 마음 조리다 이내 나무가 된다.

여린 날 생채기를 감싸는 곡선의 눈발
벌거숭이 겨울나무 꽃을 피우는 동안
솜이불 끌어다 덮은 그 안쪽이 푹하다.

김진수

비린내 경전

날카로운 칼끝에서 어둠이 갈라진다
무뎌진 상념까지 단칼에 훑어진다
한 치의 오차도 없는 어머니의 손놀림

어판장 모퉁이에 새벽부터 쪼그려 앉아
쉬지 않고 긁어모은 참절의 문장들이
밥 한술 떠먹는 도마에 수북하니 쌓였다

김진숙

비의 이름

장맛비 흙탕물을 씻겨주는 개부심

조금만 쉬어갈까 잠비, 떡비, 꿀비야

흙먼지 잠재운다는 먼지잼은 어떨까

보슬비 가랑비 모다깃비 여우비

오늘은 나 몰래 무슨 비가 다녀갈까

할머니 양배추 밭에 도둑비면 좋겠다

김진희

상동역

먼 길 가는 바람아
상동역에 쉬어라

흔들리는 마음 시려 머리채 잡힌 하루

감빛이 익어가는 밤
시름 쉬어 가거라

가다가 그늘 안쪽
새벽별 조는 사이

안개처럼 몰려와서 금천 둑에 머리 풀고

가는 귀 물소리 듣는
꽃잎처럼 누워라

김차순

눈과 귀

문을 닫았다
또, 문을 열었다
닫았다 열고, 또, 열고 닫았다
바람이 소리를 내고
소리가 귀를 연다

눈을 감는다
감은 눈을 뜬다
감았다 뜨고 떴다가 감았다가
길마중 눈의 길 따라
어느새 눈에 익은

가까이 더 가까이
보일 듯 들리는 듯
골목 끝 양지바른
창 너머 부는 바람
바람이 소리를 내고
소리는 길을 낸다

김창근

별바라기 침목
—이룰태림 성유보

바른 말 외쳤다고 길거리 내쫓겨도

참 세상 꿈꾸다 영어의 몸 되어도

얼굴빛 흐려지지 않던 온유한 그대여

몽골초원 별 보며 여생을 살고 싶다고

헐랭이 바지 추스르며 말간 웃음 짓더니

한겨레 환히 비추는 별빛 좇아 떠나셨나

펜 한 자루 가슴에 품고 광야를 헤매며

머리칼 다 세도록 민주언론에 몸 바치곤

남과 북, 철길 이으려 침목 되어 누우셨네

김혜경

요강바위

연분홍 꽃잎에 홀려 한참을 따라들어
깊은 산 골짜기 자궁 같은 마을 있네
장군목 그 한가운데 들어앉은 바위 하나

새각시 꽃가마에 넣어 온 요강이었네
구름자락 들추고 일 보는 만삭의 달
강물은 흐벅진 궁둥짝을 은근쩍 치고 갔네

오백 리 굽이돌아 남녘 촉촉 적시는
천년을 퍼내도 마르지 않을 저 강물
밤마다 속곳을 내린 울 할매 오줌발이네

* 순창군 동계면 어치리 섬진강 상류에 있는 바위.

김혜원

연꽃과 청개구리

청개구리 한 마리 연잎 위에 앉았다가

연못으로 뛰어들까 말까 멈칫댈 순간

정적은 숨을 죽이고 파문은 안절부절

나순옥

돌무지탑

후미진 산모롱이 산새들도 쉬는 곳에
누군가 무던하게 터잡아 놓은 돌무지탑
완성이 뭐 대수냐며
나날이 크고 있다

가슴 속 소원 담은 뜨거운 막돌 하나
어떤 이의 소원 위에 또 다시 얹혀질 때
돌 틈새 지나던 바람도
가만, 귀 기울인다

이뤄도 자고 깨면 이룰 것만 쌓이는 생
생김생김 만큼이나 서로 다른 비나리들
지은 죄 뉘우치는 거면
도담도담 더 크겠다

노영임

개 밥그릇

툭! 툭!
납작 엎어지면 발로 일으켜 세우고
떼구르~
굴러가면 이빨로 물어 와서
밥그릇 밑바닥까지 싹싹 핥고 또 핥아

좀처럼 그치지 않고 핥으면 핥을수록
헛바닥 닿은 자리 반짝반짝 윤기 돌아
양재기 개 밥그릇이 눈부실 지경이다

그 누가 제 밥그릇을 핥아 본 적 있을까
언제 한번 저토록 치열하게 살아 보았나
개보다 못하달까 봐
뒤로 슬슬 꽁무니 뺀다

노중석

매화

눈 덮인 천지는 한 송이 큰 꽃입니다
세상 인심은 더 차가와졌지마는
한 가닥 맑은 향기가 바람결에 떠돕니다

세상 한 모서리 미소가 번집니다.
가지 끝에 걸린 달이 꽃향기를 담아 가고
누군가 난해한 암호를 풀어내고 있습니다

노창수

프린터에게

고딕 향이 좋구나
글 냄새를 맡아간다
사각모 레이저 신사
문서 키에 명령한다
흰 손들 유리창 너머
토너 가방을 들고 간다

이보다 더는 없겠다
배설 하나 좋은 줄
책 더미에 마주 앉아
앵두 같은 시를 뱉으니
뜸 들인 온라인 접시가
감춘 혀를 내두른다

류미야

월훈 月暈

꿈에도 안 뵙니다
대낮도 그믐처럼

그러면서 밥 먹고
그러고도
잘 삽니다

흐린 눈, 먼 어머니 아직
내 잠
지키시는데

류미월

아버지의 가을

기러기 소식 물고 강 건너는 오후 네 시
해넘이 물들이는 반사경 그 수면 위에
기나긴 목덜미 타고 터진 연밥 까만 속내

덧칠한 유화처럼 말라터진 저수지에
하루만큼 물비늘이 얼부풀기 전 반짝이고
물총새 깃 터는 소리 가을 하늘 가른다

한 생의 겨울 맞는 아버지 움푹 팬 얼굴
서릿발 견뎌낸 후 더운 연밥 또 지으려
속 그늘 품은 동공이 호수마냥 하마 깊다

문경선

독도 지킴이
—청년 다큐 1

반년 만에 휴가 왔다
장염 앓아 반쪽 된 몸

"힘들었지"
토닥이자
"괜찮아"
글썽인다

깍지 낀 수평선 안에
홀로였던
내 아들

.

꽃댕강나무

댕강댕강 꽃댕강나무 위태위태 그 이름
늦봄, 온 여름에 초가을 넘기고도
꽃피워 댕강거리며 즐기누나 곡예를…

떨어질 듯 매달리고 떨어질 듯 매달리며
바람, 그만 지쳐 비켜 불게 해 놓고
시치미 뚝 떼고 서서
댕강 댕강
또
댕강.

문수영

섬
—미안해·2

오징어 배 불빛 같이 이어지는 나날
바다색 닮아가는 속살 파도에 맡기고
덜커덩 삐걱거리는 오래 된 배 한 척

포구에 다가갈수록 아득해지는 뱃길
가슴 가득 섬 키우며 쳇바퀴 돌고 돌다
귀퉁이 물샐 때까지 아무런 신호 없었다

어려운 수학 문제 뒤늦게 해결하듯
비밀번호 누르면 스르륵 문 열리듯
애벌레 허물 벗는다
약손 찾아 떠난다

문순자

갯무꽃

구엄리 갯무꽃은 혼자 피고 혼자 진다
툇마루 걸터앉은 구순의 내 어머니
한 생애 끌고 온 바다
처얼~썩 철썩 처~얼썩

대물릴 게 없어서 바다를 대물렸나
비닐하우스 오이 따듯 덥석 따낸 해녀증
큰올케 노란 오리발
허공을 차올린다

삼월보름 물때는 썰물 중의 썰물이라
톳이며 보말 소라 덤으로 듣는 숨비 소리
한 구덕 어머니 바다
욕심치레 하고 있다

문주환

백비[*] 앞에서

무순 말 새겨 두어 오히려 누가 될까

염장에 절인 빛이 행여나 바래질까

명종의 깊은 생각에

천 년 수심 환하다.

태인의 명성처럼 음영으로 남긴 비명

하늘을 우러러 부끄럼이 없다 하나

누군가 읽고 간 흔적

암각화로 새겨진다.

*청백리 태인 박수량의 묘비.

문희숙

상자 속에 앉아서

쉰세 개 손가락이
천여 곡을 연주할 동안
아무도 테오*가
로봇인 걸 모른다

거리는 습관성 건조증에
피부가 가려웠다

세상의 먼지로 지은
돈황의 낮은 토막

천 개의 눈과 손에
둥지 지은 관음이 있다

도시는 상자 속에서
비어가는 수수깡이다

* 인간과 피아노 경연을 하는 로봇 피아니스트.

민 달

커피 마시는 법

흐린 날도 맑은 날도 오른쪽으로 걷는 노인
옳은 듯 오른손으로 손잡이 움켜잡고
왼손은 뒷짐 짚은 채 루왁커피 음미한다

왼고개 기웃거리며 핏대 돋운 도회 청년
저린 듯 왼손으로 커피잔 휘감아 쥐고
거품이 흘러넘치는 카푸치노 들이킨다

귀밑머리 희끗해진 옹기촌 토기장이
홀린 듯 양손으로 바깥쪽 감싸 안고
멀찍이 의뭉스럽게 국산 커피 쩝쩝댄다

민병도

만파식적

허구한 날 풍랑에 찢겨 빈 배로 돌아오던
아버지의 화풀이도 병상에서 끝이 났는지
한 생애 오롯이 품을 피리를 깎으셨다

입을 잠가 몸 비우고 말리기를 석 달 열흘,
이윽고 피리구멍처럼 붉은 구멍이 뚫리고
아무도 들어본 적 없는 금빛 소리가 새나왔다

때맞춰 마른번개가 지나는가 싶더니
천 길 고요 안에 향기로운 잠이 오고
아버지 낮게 웅크려 하얀 바람이 되셨다

박경용

경주 지진이 있던 밤

첨성대가
놀랐겠다.

하늘이
기우뚱했겠다.

첨성대가 떠받쳐온
신라 천년의 하늘이

후두둑!
별을
떨어뜨렸겠다.

별똥비가
쏟아졌겠다.

박권숙

접시꽃

낮달을 이마에 올린 수녀원 담을 따라

오후의 기울기가 쓸쓸해진 네 시 무렵

금이 간 그리움처럼 빈 접시가 붉었다

바람의 무게 중심이 바뀔 때마다 휘청

받쳐 든 절대 고독 반쯤 쏟다 남은 자리

또다시 붉게 고이는 여름 적막 한 접시

박기섭

탈북

북이 찢어졌다 북의 몸 속에서

웅크렸던 소리들이 찢어진 북을 안고

더 이상 울지 않는 북, 그 북을 탈출했다

북편 채편 가로지른 강물도 철조망도

일순 흩어지는 소리들을 막지 못했다

버려진 북채 너머로 먼 총성이 들렸다

박남식

늘 어려운 일

오랜 차 살림에도 늘 찻물이 짜디짜서

손바닥 크기의 작은 저울 하나 샀다

눈여겨 계량질 해도 간맞추기 참 어렵다

박명숙

능소

피고 지는 꽃으로 넝쿨은 북새통인데

밧줄에서 내리거나 밧줄을 올라타려고

꽃들은 꽁무니마다 서로 물고 늘어지는데

발톱 다 빠지도록 한여름을 기어올라

마침내 방호벽 너머 턱을 내건 꽃 한 채

첫울음 길어 올리듯 뙤약볕도 자지러진다

박방희

징검돌

하나
둘
셋
넷
·
·

가부좌
틀고 앉아

아무나
징검징검
밟으며 건너가도

묵묵히
머리를 내미는
저 물 속
부처님.

박성민

호모 텔레포니쿠스[*]
—페이스북 Facebook

목련꽃 지는 소리도
스마트폰에 저장한다

'좋아요' 손가락들이 당신을 콕 찌르면 옆 사람을 외면
하고 페이스북에 들어간다 가깝고도 먼 거리에 엄마가
앉아 있다 엄마를 차단하고 페친과 공유하기, 스마트폰
속 엄마 영상에 눈물을 흘려보기, 당신을 기웃거리던 누
군가가 친구 신청한다, 인류가 더 진화한다면 엄지손가
락만 커질 것이다

폰 쥐고 잠든 당신은 내게
알 수도 있는 사람

---

* 호모 텔레포니쿠스^{Homo telephonicus} : 몸에 휴대전화가 없으면 불안해
하거나 아무 일도 하지 못하는 현대인을 빗댄 신조어.

박시교

우리 모두 죄인이다

컵라면 한 개를
먹는 데 걸리는 시간

그 몇 분이 모자라서
배곯고 떠난 젊음

어떻게
그 스크린도어에
시詩를 새길 것인가!

* 지난 5월 지하철 스크린도어를 수리하던 비정규직 청년이 사고로
목숨을 잃었다. 그의 가방에는 시간에 쫓겨 미처 먹지 못한 컵라
면 한 개가 들어 있었다.

박연옥

판잣집 거울

가파른 돌계단이 길어서 휘어지고

귀퉁이 4층 건물 판자 위의 수선집

닳아서 뭉툭해진 손, 바람까지 쿨룩댄다

비켜 가는 겨울 볕이 그늘진 고독 같다

뾰족한 구두 한 짝 취기로 놓고 가면

넋 놓고 마주한 회벽 새순 돋는 담쟁이

박영식

과녁

팽팽한 수평선을 활대에 걸어 놓고
갓 솟은 해를 향해 힘껏 시위 당겨본다
명중해 쓰러진 하루 피 흘리는 저녁놀

시집 한 권

은행잎이 마음까지 물들이는 늦가을

서점에 들러서 시집 한 권 사들고

시인의 먼 먼 나라를 맨발로 건너간다

가파르긴 하지만 별이 한참 가까운 길

여뀌꽃 턱주가리 바늘꽃 풀솜다리

나직한 꿈의 언덕을 건너오는 저녁 바람

부전나비 날갯짓에 별빛을 헹궈 내며

부르튼 물집을 더운 물에 씻어 내며

매암산 못다 넘고 지친 닳아빠진 새벽달

풀꽃 핀 자리에 고대 남은 이슬 한 알

연잎 구르던 소나기 고개 저어 떨구던

물방울 빈집 한 채 속에 가끔 전세 들고 싶다

박정호

사의재^{四宜齋}에서

천 리 밖 벼랑에 뜬 달 속에 갇혀 있네

창창한 일월^{日月}의 울울한 만장^{萬丈}의 하늘

발길도 옮길 데 없는 달 속의 집 한 채.

한 뜻 한 뜻 기워 내어 붉어졌으니, 붉어졌느니

천하가 한통속이라도 피는 꽃을 어쩌랴

삼함^{三緘}도 아련히 깊은 청정한 사의의 뜨락.

* 삼함 : 절에서 몸·입·뜻을 삼가라는 뜻으로, 거처하는 방에 써 붙
  이는 글.

박지현

못

허공을 내려 놓고 딸깍 생각을 켜본다

한 치 앞 절벽이야 모른 척 해보지만

물렁한 늪지의 기억 뽑히지 않는 상처들

소리를 두드리면 고요에 이는 물결

못 통을 헤집어서 녹슨 날 골라낸다

침묵의 바닥 끝에서 당신이 욱신거린다

박현덕

눈보라 치는 밤

—최북. 풍설야귀인風雪夜歸人

목화송이 같은 눈이 밤새 산을 휘감고
허름한 산막 불빛도 시야에서 사라져
잔혹한 유배의 길처럼 가슴이 먹먹하다

가슴을 쥐어짜는 흉흉한 저 바람 소리
당장 발을 헛디뎌 그 물결에 떠밀린다
젖은 생, 조롱박 술로 허기를 달랜 밤

느티나무 아래 앉아 지두화로 먹 치며
너른 대지에 달빛의 숨소리를 넣는다
눈부신 산수화만큼 생은 점점 피었다 지고

박희정

반려동물과 산다

개만도 못하단 말, 예사로이 하지 마라
반려동물을 가족처럼 끌어안는 오늘에
동물과 구분 지을 잣대, 희미해져 가는 것을

주인 덕분에 금수저 애완견 되거나
부모 탓하며 흙수저 자식이라는
애당초 가당찮은 속내, 따지지도 말 것을

사람과 교감하며 곁불처럼 지켜주는
고령화와 미혼 가족 그 쓸쓸함과 부대끼며
반려反戾될 먼 그날까지 눈치코치 다 읽을

배경희

허기

의자를 거꾸로 들고 세상을 바라보며

얼굴을 수시로 모자 속에 구겨 넣고

도시 밖 반 지하에서 박쥐처럼 살았다

안개 같은 미래에 찬밥이 정해진 채

신데렐라 구두에 웃음을 끼워 넣고

시간을 잃어버렸다 헛배만 불러왔다

길을 걷다 허기는 허공에게 묻는다

어디서 내 얼굴을 찾아야 될까요?

사방이 모자뿐이다 눈코 없는 얼굴들

배우식

부러진 의자

계단 아래 의자 하나,
짐승처럼 누워 있다.

바닥에 가득 쌓인
울음소리 쓸어 내고

가만히 들여다보면
늙고 병든 아버지.

배인숙

모노드라마

음색 짙은 건반악기
수백 대 저 코스모스

여름 들판 환상교향곡
5악장이 펼쳐진다

갈바람 피아니스트
신들린 손놀림에

허기진 생각으로
한순간 휘청이다

서툰 음 놓아 가며
더듬어 짚는 건반

그 누구 지휘에 맞춰
이 연주를 끝낼까

백순금

가뭄을 읽다

살의의 작살처럼 따가운 땡볕 줄기
지상에 쏟아지는 검붉은 시간, 맵다

거북등 생살 찢기 듯 뭉개지는 농심들

고온에 데인 밭고랑 가쁜 숨 내뿜다가
뒤틀린 목마름에 중심이 휘청일 때

뒤꿈치 휘감는 열기 발자국이 꼬인다

오그라든 잎새들 등 굽은 어깨 다독여
무딘 호흡 두려워도 버석거린 몸 일으켜

더 깊이 뿌리 내리며 아린 주먹 쥐고 있다

백승수

꽃씨 풍선

새 봄을 기다리던 까만 꽃씨 한 봉지를
노을보다 더 어여쁜 풍선에다 달아매어
먼 마을 이름도 모를 친구에게 보냅니다.

두둥실 날아 오른 동그란 꽃씨 풍선
바람 따라 가물가물 멀리멀리 날아가고
날아간 그 자리에는 새 소리만 들립니다.

푸른 산 푸른 들에 피어날 내 꽃씨들이
지금은 그 어디 쯤 날아갔나 생각하다
나 또한 푸른 봄빛에 물이 들고 있습니다.

백이운

서른의 예수 예순의 붓다

마차가 호박으로 변하는 마법의 순간

신데렐라의 신 하나씩 누구나 신게 된다

치수가 맞을 리 없는 구직이거나 희망퇴직.

호박이 마차로 변할 득의의 때를 위하여

골고다를 헤매거나 수미산을 오르지만

시장통 뻥튀기 소리에 신발들 흩어지고.

여기 서른의 예수 저기 예순의 붓다

누구나 그 나이쯤에 십자가를 지고

누구나 그 나이쯤에 마법처럼 해탈한다.

백점례

다비치 안경원에서

창 너머 사람들은 발 빠르게 달아나고
실직한 그 남자만 가로수처럼 멈춰 있다
굴절된 신호등 불빛이 길을 자꾸 꺾는다

거기, 그냥 그대로 바람이나 품으며
더께 붙는 생각 따위 훌훌 털어버리며
우뚝 선 나무나 될까, 어른대는 저 사내

도수를 고쳐 잡고 흐린 앞날을 살핀다
몸 붙일 터를 찾아 저물도록 표류하는
다비치, 다 비치는 속을 헐은 깃에 숨기고

설움도 마른 시선에 인공눈물 뿌리는 비
닦아낸 거리 어디쯤 새로운 길이 보일지
또렷한 방향을 찾아 뿔테를 치켜 세운다

변현상

휴일공단

엔진 끄고 비 맞으며 쉬고 있는 저 사내는

양달쪽 한 가정을 지키는 가장이며

일주일 가없이 달린 피곤한 트럭이다

월요일 아침이면 다시 달릴 튼튼 가장

오늘은 무거운 짐 맘 편히 내려 놓은

사내의 어깻부들기 그믐치에 젖고 있다

봉경미

해바라기

자랑할 일이라곤
아무것도 없습니다
향기도 모자라고
붉지도 못합니다
단 하나 할 수 있는 일
타도록 바라보는 거

손 내밀고 싶어도
다가갈 수 없습니다
모른 체 하신대도
원망도 못합니다
오로지 꽃대 세우고
까맣게 기다리는 거

서석조

꽃눈개비

장복산 벚꽃길에
솔솔바람 불어오자

하르르 꽃잎들이
눈처럼 쏟아져요

길 가던
할아버지가
가만 서서 바라봐요

서성자

까치밥

삶은 거대한 것

그렇게 믿었다

떠날 것 보내야 할 것

경계를 지우느라

새들이

발인을 마치고

아침을

부를 때까지

서숙희

손의 벽

손뼉을 손벽으로 잘못 쓴 글을 보고
손의 벽, 그 말에 고개를 끄덕이다가

알았네
그런 환한 벽이
세상에 있다는 걸

마주하여 하나 되면 따스한 기도가 되고
의기투합 신명 나면 우레 같은 박수가 되는

그런 벽 우리에게 있네
바로 내게
네게 있네

서연정

동화처럼

구름왕국 저 하늘 쳐다보면 눈부시듯

초고층 그곳에서도 바닥을 내려다보면

까마득 아름다울 거야
그리움이 사는 곳

서일옥

둥근 집

어머니의 어머니가 그 어머니의 어머니가
꽃보다 더 고운 속살을 갈무리해 온
아늑한 집이 있었다
그리움이 살고 있는

눈을 감고 손 모으면 다가오는 작은 그 집
앵두알 따 먹고 감꽃 목걸이 걸며
그 세월 가슴에 안고
그 집에서 나는 자랐다

싹이 트고 열매 맺고 잎들이 단풍 들고
때로는 목마르고 배고픈 날도 견디며
어느 날 되돌아가 보니
나도 둥근 집이었다

서정택

냉이꽃 아내

아파도 아프단 말 한 마디도 못하고
기도하듯 웅크린 채 삭은 고철을 줍는

그 아내 우묵한 등이
자질자질 저문다

일을 사랑했으되, 오래 할 수 없었던
왕년을 전후하여 들이닥친 매운 한파

일 하나 못 가진 죄로
나는 고철이었다

그렇게 겨울 오고 또 몇 번의 겨울 가고
집게가 그를 들어 바구니에 던졌을 때

보았다, 고철을 찢고
흰 꽃 올린 당신을

서정화

드레이프 드레스[*]

주름선이 내걸린다,
벼랑길 세워 놓은

묶고, 겹치고, 비틀고, 빙빙 돌린

시대를 갈아입는다,
휘어지는
시계의 춤

선안영

두물머리 노을

천지간 뎅그러니 혼자라고 생각될 때
사랑이, 또 노래가, 고향도 다 저물 때
길 끝에 물방울같이 맺혀
가만 앉아 있어봐

휘어지고 허물어져 금세 흘러가려 할 때
담배 문 손등으로 눈물 쓱쓱 뭉갤 때
메어둔 커다란 슬픔
사슬 풀어 놓아줘봐

부르튼 언 두 발과 함부로 버린 맘도
강물을 턱밑까지 끌어 당겨 묻어보면
세상엔 답할 수 없는
질문이 있음을 안다

성국희

각질

낡은 배의 갑판 같은 아버지 침대보에
올올이 박혀 있는 벗겨진 삶의 비늘들
결 고운 볕살 속으로 출렁출렁 헹궈 낸다

닳고 닳은 지도였나, 젊은 날의 저 뒤꿈치
소금 꽃 피워 내던 물기마저 깡마른 채
등 푸른 오대양 건너 칠순에 꽂은 깃발

짜디짠 항해의 시간 빨랫줄에 널어 두면
갈매기 떼 날아들어 뱃머리를 돌린다
물안개 걷어 낸 길이 내 앞에서 왜 환한지

성정현

소광사

벗나무에 앉은 새가
왜 우는지 아십니까?

대웅전 처마 끝
풍경에게 여쭈었다

이눔아
너는 어찌하여
그곳에 서 있느냐?

거침없는 풍경의
호통 소리에 깜짝 놀라

벗나무는 불그레한
꽃잎만 떨구는데

가지에
새는 보이지 않고
빈 달만 쉬고 있다.

손영희

시래기 엮음가^歌

한데에 그대를 널자 생기가 사라졌다

묶이는 어떤 생은 갈피가 많다는 것

기어코 남은 향기는 허공에나 꽃피운다

혼이 나갔으니 날마다 환청인데

조이면 바스라질 목줄처럼 서걱대다

서러운 싸락눈에나 뺨을 내줄 뿐

몸을 부풀리던 기억의 습성은 남아

사막에 길을 터준 별빛에 기대어

시 한 편 물에 불리며 여물어 가겠네

손예화

꽃차를 마시며

달그림자 우린 물로 꽃차를 앉혀본다
시간을 밀어내고 부풀어 오르는 꽃 한 송이
물 속에 웅크려 앉아 바람 향을 버무리며

찰랑이는 흰 물결은 그대로 풀잎 소리
하늘도 내려앉은 기울이는 찻잔 안에
긴 햇살 속삭이는 귀엣말
수줍은 기억들

은빛 얘기 쏟아지는 갈잎 소리 들린다
그 환한 밀어들을 은하수로 풀어놓고
아릿한 그리움마다 깃을 세워 지나간다

아이들은 자라나서 흩어지기 마련인 법
한때의 애틋함도 배롱나무 얹어두고
들국의 소슬한 향기
남은 가을빛 헤어본다

손증호

탈

탈이네, 탈이야

탈이 많아 탈이라네

이 탈 저 탈 덮어쓰고 막춤 추는 모르쇠들

탈, 탈탈 털어버리면 탈 없는 세상 다시 올까

송선영

할머니 국밥집

초봄 해거름에 당도한 닷새장 한 귀

몸 낮춘 처마 밑에 시간을 떼어 보시한 뒤

오막집, 안개를 두르고

생(生)이 젖네, 저녁 한때.

할머니 국밥집에서 할머닌 볼 수 없었네

은발로 주방을 닦고 식경(食經)이나 쓰시는 건지…

한아름, 훈김 담아 오는 길

문득, 만월이 길을 끌어….

송유나

가을 대추

하루 걸러 들고 나온 발그레한 둥근 얼굴
끌어안은 시간만큼
손때 가득 묻어 있고
한 움큼 건네는 손엔 뜨건 햇살 담겨 있다

많고 적은 양이 아닌 주고 싶은 그런 깊이
갸름한 무게만큼
네 속에 든 기도 소리
온몸을 달구는 온도, 나도 100도 되었다

윤기 가득 차던 얼굴 잔주름이 잡혔다
가쁘게 움직거려
작은 제 몸 우리던 밤
잎 다진
나뭇가지에 새가 되어 울던 한 알

송인영

골목, 수기를 쓰다

햇살의 초침 소리가 세상을 흔들어 깨워

이제 더는 휘지 않는 할머니 등 뒤에서

수북이 피어난 벚꽃, 그 밤길 읽어본다

마술처럼 순대 팔아 목숨을 얻었다며

난타에 버금가는 아름다운 손놀림으로

한 접시 쌓은 추억을 건네주는 할머니

자꾸 목에 걸리는 허기진 이야기지만

지울 수 없는 슬픔 꽃이 될 수 있다고

숨겨진 과거를 펼친 할머니가 웃는다

송재진

일기 검사

―혼내지 마세요, 샘!
정말로 어제 하루는

아무것도 쓸 게 없는
그런 날이었어요.

맞아요!
딱 한 번 생선 트럭이
왔다 가긴 했지만요.

매미 소리가 온 동네를
들었다 놨다 하는 통에
깜짝 놀란 능소화가
후둑후둑 졌고요.
더워서
개미도 한 마리
꿈쩍하지 않았어요.

―혼내지 마세요, 샘!
정말로 어제 하루는

아무것도 쓸 게 없는
그런 날이었어요.

맞아요!
고추잠자리 배앵뱅,
저를 꾀긴 했지만요.

신미경

아버지의 자전거

외갓집 가는 길은
흙먼지 자욱하다

짐받이 올라 앉아
꼭 잡은 작은 두 손

신나서
노래 부르다
방긋 웃는 예쁜 짐

신웅순

아내 12

굽을 트는 저 강물은
애초에 아픔이었던 것

돌아서는 저 산녘은
애초에 한이었던 것

일생을 돌아온 후렴
달빛 젖은 이 배따라기

신필영

뚜껑론論

열릴 때 열리더라도
꼭 다물고 참아야지

수십 번 부글거리며 속속들이 익는 시간

제대로
맛들 때까지
느긋이 기다려야지

오래 덮어둬야
약이 되는 누룩곰팡이

꽃피고 지는 소리 그냥 못 들은 체

발효된
절망의 이름
너를 다시 쳐다본다

심인자

섬진강

남기고 간 발자국 모래 속에 묻히고
빗점골*에서 들려오는 애끓는 시 한 수
너덜겅
붉은 절규 소리
시간 따라 풍화 되었나

재넘이 내려선 강둑 대숲도 웅웅이고
벽송사 능선 길 따라 상처 안고 누운 와불
좇기다
등걸잠이 든
생을 내려다본다

들어 보라 들어보라 이어풍 타고 오는
깊은 산 웅크린, 이름 모를 뼈의 흐느낌을
섬진강
물갈퀴 세워
조곤조곤 이른다

* 빗점골 : 빨치산 사령관 이현상이 사살된 장소.

양점숙

사자암 가는 길

가만히 바라만 봐도
그대로 탑이 되는

염원이 켜로 놓인
돌계단을 올라

한 천년 세월을 건넌
전설 속을 걷는다.

등이 굽은 저 탑
깨달음은 얻었을까

영혼도 없다는데
왜 이리 몸 무거운가

한참을 머뭇거리다
돌 한 개를 올린다.

* 사자사는 익산시 금마면에 있는 백제의 고찰로, 선화善化공주가 사
자사 지명법사知命法師의 도움으로 미륵사를 창건했다는 기록이 있
는 절터, 그 곳에 사자암이 있다.

엄윤남

윤달

아버지의 망향가가 헛도는 19번 국도

어머니 분홍꽃신 가지런한 석관石棺 속

이장移葬의 아린 이별을 다시 새김 하는 길

섬진강 굽이굽이 일흔 굽이 도는 길에

헌옷을 시침질하던 시집살이 그 손길로

대숲의 바람을 깁네 눈물 속의 어머니

염창권

닭의장풀꽃

안개 속에 숨어든 마을이 고령高齡이다
비탈길을 돌아가면 또 비탈진 마음이다
우물에 뜬 낮달 같이
눅어가는 눈빛이다

솔기 풀린 길 밖으로 웃자란 풀 무성하다
축축한 지붕 아래 닿지 못할 슬픔 일듯
하루가 캄캄해지고서야 몸이 돋아 푸르다.

오승철

꽃타작

봄바람이 났는지 어머니 안 계시다
도둑 고양이처럼 이집 저집 기웃대다
경로당 타작 소리에
응수하듯 터진 벚꽃

점당 십 원짜리 그 판도 판이라서
무슨 영문인지
비닐봉지 쓰셨다
선이 또 헷갈릴까봐
두건 쓰듯 쓰셨단다

봄바람이 났는지 어머니 안 계시다
피박 한 번 썼다 치고
봉분 한 번 쓰셨나
연둣빛 타는 핑 소리, 이승이야 화투 한 모

오승희

어두운 성작聖爵

빡센 일과 마치고 편의점 들어선다

냉장고에 질식할 듯
줄 서 있는 도시락
캔맥주 삐딱 곁에 두고 지금 혼밥혼술 중

내 일은 묻지 마
기약 없는 계약 있지

본 적 없는 희망에 고문당하진 않아
문밖의 디아스포라, 고로 나는 존재해

오영빈

산행에서

큰비 뒤끝의 산길은 상처투성이다
찢기고
패이고
갈라지고
뚝 끊긴
누군가 진노를 했나 새 길까지 지었네

산길은 경제를 품은 우리가 낸 것인데
경제를 말하다니! 자연이 내게 이르네
더 낮은 곳을 향한 내 길 교정하지 말라고

오영호

바닷가를 걸으며

알게 모르게 팔아버린 양심들을
한 배낭 짊어지고 다가선 봄 바닷가
소금기 배인 바람이 어깨를 툭툭 칠 때
갯바위에 앉아 묵상중인 가마우지 한 마리
'죄짓지 않은 사람이 있기는 하겠냐'며
잽싸게 날아오르며 깃털 하나 날린다

길을 걷는다는 것은 닫힌 문을 열어
바람이 전하는 말 귓불에 걸어 놓고
상처 난 슬픈 영혼을 깁고 또 깁는 것

밀물과 썰물 사이 바다의 속살 품은
수평선 저 너머에 떠 있는 무지갤 향해
힘차게 달리는 아이들 올레길이 환하다

오은주

간이역

발길 드문 역 광장에 그리움만 내려 놓고
몇 차례 기차는 가도 볼 수 없는 얼굴들
남몰래 눈물 훔치는, 그 이름은 어머니

꽃으로 남고 싶다던 당신의 맑은 한 때
오지 않는 피붙이를 눈 시리게 기다린다
껍질만 남아 야윈 몸, 낮달 닮은 눈동자

녹슨 철 침대 위 낙엽처럼 누인 몸
바람 소리 흩다가 우울 한 짐 내던진다
환승역 잠시 머문다, 낯선 길을 떠나려

오종문

늙은 나무의 말

간밤에 눈 내렸고 아무도 오지 않았다
오늘은 큰 바람에 가지 하나 더 잃었고
어쨌든 살아남았다
오백 살도 더 넘게

인간의 울타리로 들어와 산 그날 이후
해마다 네댓 가마니 열매를 다 내주고
이제는 자연스럽게
대역사를 쓰고 있다

무수히 달린 잎사귀 그늘을 그가 걷고
공간에 담긴 시간도 언젠가는 흩어지고
이 집은 또 텅 빌 것이다
누군가가 다녀가고

옥영숙

칠백 년의 기다림

멀고 먼 옛날부터 무덤 밖을 기웃거린
말이산 고분군에서 발굴된 연꽃 씨앗
어깨를 들썩거렸을 장님으로 칠백 년이다

칠흑 같은 어둠 속에서 짙고 푸른 잠은
시간의 단추를 열고 지상으로 올라와
고립의 긴 모험만큼 발아는 눈부셨다

고려시대 탱화 속에 표류하던 연꽃이
징검다리 건너 듯 아라가야 홍연으로
단숨에 귀한 꽃이라는 입소문이 돌았다

우아지

세 번 피는 꽃

옥룡사 초행길은 동백이 눈부시다

묵은해를 마치고 겨우내 일어선 꽃

바닥에 떨어진 얼굴
시들지 않고 있다

잔기침에 시달리며 슬픔을 달던 시간

먼 데 가신 어머니가 저 꽃 보며 품던 봄이

귀가길 내게로 와서
선명하게 피고 있다

우은숙

똥이 밥이다

물컹한 소똥이 바닥에 떨어지자
얼른 큰 포대에 주워 담는 인도 여인
건기(乾期)가 시작된 마을 아낙들은 바빠진다

손으로 정성껏 그 똥을 반죽하여
얼굴 만한 크기의 거룩한 빵 만든다
그녀의 몰입한 얼굴 신성함도 부푼다

성처럼 쌓아올린 갈색의 마른 똥탑
그것은 그들에게 연료고, 밥이다

똥탑 옆 붉은 항문이 또 다시 열린다

유순덕

병아리 배달부

연노랑 병아리들 붓으로 그리다 말고
나도 몰래 먹물 찍어 화선지에 편지 쓰네
둥지 속 알을 꺼내 듯
살풋 떨림 그러안고

병아리들 일렬로 언덕을 종종 오르네
수탉이 장대 끝에서 가지 말라 호령해도
입 속에 편지를 물고 되똥되똥 배달가네

자드락길 지나가다 어딜 가는지 잊었는지
물 한 방울 입에 넣고 구름 한 번 쳐다보네
어쩌나? 편지가 빙글 저만치 건너가네

여백에 숨긴 말까지 그대에게 읽히겠네
배달부들 돌아가도 나 그만 얼굴 붉어
낙관을 꾸욱 누르네
연잎 뒤에 가만 숨네

유영애

꿈꾸는 우표

서랍을 정리하다 한 웅큼 손에 닿는

소인에 때가 묻은 지난날 편지 묶음

겉봉투 손 글씨마다 그 필체가 낯익다

스마트폰 카카오톡 손쉽다고 말하지만

그리움을 삼켜버린 어쩐지 밋밋한 맛

가뭄에 휑해버린 허공처럼 건조하다

이제는 꿈만 같은 빨간 우체통에

침 발라 붙여 보낸 꽃봉투 편지들이

아직도 그대 품속에 남아 있기는 한 걸까

유재영

가랑잎 무게

1.
내 또래 그 가을을 보고 싶어 찾았더니 귀룽나무 어디
에도 친구는 간 데 없고 파랗게 여문 하늘만 끌어안고 왔
습니다

2.
열매주(酒) 한 병 들고 다시 찾은 그 가을 어느새 그도 나
도 얼룩진 나이라서 받아 든 가랑잎 무게 도로 내려 놓습
니다

유지화

자작나무 설화

눈 감고 살다 보면 큰산도 뵌다 한다
함성 같은 바람 앞에 해탈하는 자작나무

정상은 침묵을 사는 거
터져 오른 나이테

귀 막고 살다 보면 먼 산도 뵌다 한다
먼먼 골 깊이에 숨죽이는 저 정적

주군^{主君}은 결기를 묻는 거
신령스런 산울림

유 헌

새벽닭

붉은
담장 너머에서
애완용 닭이
울고 있다
꽉 막힌 쇠창살의
빗장이 너무 깊어
풀 수도
날 수도 없어
울 다 그만
잠이 드는,

꼭 끼요 꼭 끼요가
꼭 이요!로 들리던 날

울음과
울음 사이,
그 침묵이
전하는 말

시퍼런 죽비 소리가
날 세워 깨운다

윤경희

목욕탕에서

저렇게 알몸으로도 웃을 수 있다니
우리 언제 저리 편한 적 있었던가

눈비음

다 내려 놓은

낙원에서의 한때,

윤금초

가족
─소녀상* 브론즈

손꼽아 숱한 나날을 응달 가녘 배돌았니?

땅도 설고 물도 선 곳 현해탄玄海灘 굽이 건너

사추리 오므린 그대로 억지 살품 팔았었니?

풀고 또 풀어낼수록 찍찍한 붕대 같이

뼈마다 뼈끝 시린 천형의 쇠사슬 감고

앙가슴 벌집이 됐니? 깊은 상처 쓰라린 날.

귀 닳고 이지러진 누이야, 나의 누이야.

호랑가시 차디찬 숲 헤쳐 나온 내 누이야!

눈자위 마른 눈물 자국 아침놀이 닦아 줄까.

* 주한 일본대사관 앞에 세워져 있는 '성노예 소녀상'.

윤정란

가시

손톱 밑에 숨어서
고개 드는 가시 하나

톡 쏘는 말 같고
쥐어박는 눈빛 같아

억지로 뽑는데 어째
속살 깊이 별로 들까

바늘을 밀어 놓고
첫사랑 눈에 젖다

그날의 밀어처럼
손가락 건 꽃잎처럼

멋쩍게 파묻어 둔다
꽃멀미 잠재우듯

윤종남

숲, 책을 읽다

숲속의 도서관은 언제나 만원이다
자음과 모음들이 햇빛으로 쓰여지면
빼곡한 책꽂이에는 푸름이 꽂혀진다

산새 소리 물 소리가 연람하는 도서관
돌배나무 책에 쓰인 육즙의 글자들과
소나무 책 속에서는 짙푸른 책내가 난다

참나무 책을 읽는 다람쥐의 속독법
청설모는 잣나무에 걸터앉아 책을 읽는다
풀꽃에 밑줄을 긋는 일벌과 나비떼들

겨울이면 낙엽으로 장서하는 도서관
차곡차곡 쓰인 계절 눈보라로 읽히는데
서둘러 봄이 다가와 새 책을 꺼내 놓는다

윤채영

싹
－노무현의 민주주의

서울 땅에 콩 심으니
"콩 떡잎이 돋았어요."

경상도에 심었더니
"이기 머꼬, 콩 아이가?"

전라도 그 땅에 심었는데
"아따마 콩 나부렀어!"

어느 곳 어떤 때라도 상황이 똑같다면

콩 싹은 콩이 되고 팥 싹은 팥이라며

오늘도 노란풍선을 자전거에 매단 사람

윤현자

혀를 깨물다

씹을 일 하도 많아 안주삼아 씹었어
질겅질겅 씹다가
잘근잘근 씹다가
아뿔싸, 혀를 물었네
제 살점을 뜯었네.

아리고 또 쓰리다, 급기야는 핏물 번져
입 안 가득 떠도는 텁텁한 풍문처럼
씹어도 씹히지 않는 질기고 질긴 문장 하나

자본의 뒤안길서 밤마다 토해 내던
밥도, 돈도, 끝내는 목숨도 되지 못한
숱한 밤 하얗게 새운 시 한 토막 물려 있다.

일삼아 씹어온 게 누군가의 아픔임을
무섭게 뿌리를 박고 돋아나는 가시임을
기어이 상처를 내고 그제야 더듬는 밤.

이경옥

무심결 사랑

한파로 움츠러든 휴게소 화장실에서
깔고 앉은 좌변기가 고맙게도 따뜻하다
누군가 방금 다녀갔음을
엉덩이로 읽는다

사랑도 이런 사랑 무심결의 사랑은
엉덩이가 엉덩이에게 체온을 릴레이하듯
담을 뉘 모르는 채로
온기 한 점 나누는 일

이 광

다시 사월

세상도 저 배처럼 가라앉은 지난 삼 년
그 세월 떠오른다 네 얼굴이 떠오른다
파도가 들이친 이후 가슴은 늘 바다였다

봄이면 피는 꽃이 생채기로 올 줄이야
꽃길을 걷던 네가 묻어 둔 꿈 너무 깊어
바다는 바다인 것이 애가 타서 우는 달밤

삼년상 치른 뒤엔 뭍이 될 수 있으려나
바닷물 빠진 자리 펄만 남은 가슴에는
곳곳에 조가비로 박혀 서걱이는 네 이름

이교상

다시, 남해에서 등단^{登壇}하다

이제
나의 문단은 만경창파 세상이다

어둠이 바글대는 병든 몸 드러낸 채 누구도 눈치 보지
않고
섬, 붉게 떠올린다

따끔거리는 가슴팍 등대가 되는 동안 거뭇해진 그리움
파도 위에 넓게 펼쳐 물바람 시를 읽으며 풍향계 화살이
된다

왔던 길 감싸 안은 해안선 풍경처럼 출렁출렁 흘러오
는 지족의 저녁처럼

노을에
얼굴을 치댄다,

그대, 남쪽에
앉아

이남순

나비

갈팡질팡 날아간다
호랑나비 한 마리

더듬이를 갸웃갸웃, 생각이 많은 눈치

걱정이
많은가 보다
우리 아빠 닮았다

이달균

잊혀진 우물

짐승도 산그늘도 다녀간 흔적 없는

외로운 북향의 우물이 있습니다

간간이 치열 어긋난 빗방울들만 찾아옵니다.

하늘이 적막하면 별에도 녹이 습니다

곤궁한 못 자국처럼 부러지는 바람들

메마른 상상력의 샘을 가만히 바라봅니다.

이동백

숫돌

쟁강쟁강 어둠의 목이 잘려나가는 사이
숫돌 위에서 달빛이 날카롭게 갈리는 걸
나 홀로 바라보는 일
무심스러울 수 없다

마음은 무겁거니 몸은 외려 가벼워
세상에 남아 서서 살아 내기 아득하니
숫돌에 가슴에 슨 녹
밤 새워 갈고 싶다

이두애

테트라포드

쪽빛 바다 질러서 여자들이 누운 듯
토실한 허벅지를 벌리고서 요염하다
뿔이 난 가랑이 사이로 주책없는 바람이

아랫도리 사이사이 균열 간 실금들
숨겨도 숨길 수 없는 도드라진 상처로
그 여자 돌아누워서 울고 있는 모습이다

바다에 빠진 나선裸跣 경계하며 밟는다
속울음 참다 참다 들려오는 설법 소리
네 다리 육체 사이로 철썩이는 해조음海潮音

육중한 뼈마디 파고드는 채찍에도
엇갈린 삶의 무게 고스란히 안고서
방파제 테트라포드 뒤엉켜 젖고 있다

이두의

작약의 이름

노숙의 피로를 감춘 민낯의 안개들이
담쟁이 오르다만 창가를 기웃댄다
어머니 먼 길 가신 뒤 고요마저 끊긴 빈 집

스멀스멀 흩어지는 안개를 따라가면
뭉개진 손금 위에 두고 가신 꽃 한 송이
봄처럼 부지런해라 그 말씀, 울컥 한다

사람이 가고 나면 그림자도 거둬지고
사랑도 흩어져서 꽃잎처럼 지겠지만
작약의 이름 하나로 지키는 봄이 아프다

이명숙

세대교체

　안개빛 눈꼬리가 매혹적인 애월은 봄 태풍이 불어와
목련꽃 다 떨구고
　바다를 흰나비 떼로 시침해도 까딱없다

　저만치 어깨 겯고 웃는 연인들처럼 세월은 가도 가도
비밀스레 피는 꽃
　더불어 외치는 공감 그 한 표로 쓰는 문장

　억울은 억울끼리 우울은 우울끼리 벽을 넘어 흐르는
진화된 한소리로
　반란을 도모하는 봄, 장외홈런 그 한 방!

이복현

천 년의 그늘

천 년 고목 넉넉한 그늘 아래 앉아서
천 년 전에 태어난 어린 나무 생각한다.
수많은 생멸의 순간을 지켜본 한 증인을,

기나긴 세월 동안 몸 속에 감아 넣은
비바람은 몇이며 눈보라는 또 얼만지
몇 번의 천둥번개를 견디어 이만한지

큰바람 들이칠 때 길 잃은 새를 품고
폭염이 쏟아질 때 넓은 그늘 되기까지
얼마나 많은 아픔을 나이테로 새겼을지

우러러 바라보니 의연하고 장하다
굳센 줄기 세우고 수만 가지 팔을 뻗어
견고한 뿌리 하나로 맨땅을 움켜쥔 힘!

이상범

쇠기러기 비행

설악에서 나래를 고정
쏜살같이 내닫는 도래지
한 사흘 머물다 서해안
겨울나기 할까 보다
자욱한 철새족의 축제
춤으로 푼 고향 사투리….

이서원

단풍 왕조

견고한 철옹성을 삽시간에 제압하고

앞서간 척후병이 잠겼던 문을 열자

거대한 군중의 함성이 골짜기를 뒤흔들다

다 찢긴 깃발인 양 옹색한 쇠락 앞에

세상은 일순간 홍위병 천지가 되고

가을은 무혈입성으로 새 왕조를 세우다

이석구

두고 온 사람
―베트남 댁

바람이 잦아들면 늪의 입을 여는 여자
가슴이 두근대던
첫사랑이란 말 앞에서
속내를
짚을 수 없는 흙덩이가 무겁다

진흙 바닥 들어 올린 악어의 꼬리 닮은
강둑에 바짝 붙어 여자의 손목 잡고
야자수 잎을 흔들며 넘어졌던 그 사람

수면의 파문들을 걷어낸 부레옥잠
연꽃 한 송이 피자
물살 위로 이는 안개
허공에
떠오른 얼굴 낮달처럼 그립다

이석래

봉선화

사마귀 벌 모여든 심사정 초충도다
왼쪽은 봉선화 오른쪽은 강아지풀
무언가 궁금한 듯한 사마귀가 재밌다

쉰 나이 될 듯한 손이 예쁜 여자가
손 안에 하나하나 봉새를 불러 온다
저 새들 이삼일 내에 손 위에서 날겠다

소금에 식초 몇 방울 비닐로 감싸주는
제 엄마께 배운 솜씨 제 딸도 묶어 줄 터
그 밤은 모녀 삼대가 달빛 속을 거닐겠다

하마 물들었을까 궁금중에 실을 푼다
벽돌 빛 붉은 수국水菊 맛이라면 달콤하겠다
내일쯤 친구에게도 물든 손을 보이겠제

이소영

테니스 공[☆]에게

윈저 공[☆]에게 바친 둥그런 한 생을
아버지 공손하게 의자 다리에 끼우시면
힘차게 날던 시간들
든든한 고요를 낳고

삶의 더께 떼어내듯 공 먼지 제거할 때
버석버석 소리 날 듯 내려앉는 등뼈 위로
아버지 생의 기울기가
조용하게 저문다

이슬희

철길

너와 나 인생 동반자 두 개로 뻗은 선로
행진곡 선율 따라 첫발을 내디딜 때
우리는 나란히 서서 고른 호흡 맞췄지

그 마음 백 년 가도 여전할 줄 알았는데
믿음에 녹이 슬고 분노로 꺾이어서
실바람 건 듯 불어도 삐걱삐걱 금갔지

휘어진 너의 모습 내게서 발견할 때
부식된 내 모습이 너인 줄 알았을 때
오래된 그림이 되어 박물관 벽에 걸렸다

이송희

외눈

한쪽 눈을 잃고서야
양쪽 눈을 얻었다

한쪽만 바라보고
한쪽으로만 걸었던

외골수 외길의 시간,
외롭고도 더딘 길들

흑백의 담장 앞에서 밀고 당기며 새던 밤
앞에서 달려오는 그의 말을 자르던
편견의 깊은 동굴 속
뼈아픈 밤의 소리

이제 나는 외눈으로 내 깊숙한 곳을 본다
한쪽 눈에 담겨지는 더 넓은 들판을
너와 나, 우리 사이를
가로지르는 말의 세계

이숙경

뒤에게

수십 년 맹인처럼 손질로 길들인 곳
필라멘트 끊어진 알전구 같은 뒤통수에
거꾸로 매달린 머리를 한 줌씩 빗어 내린다

뒷모습 보실래요, 잘 닦인 거울 속에서
고스란히 맞는 나를 눈동자에 담는다
생각을 가위질하던 푸른 날이 번뜩인다

안간힘으로 가는 길 얼마나 온 것인가
앞에서 벌이는 일 군말 없이 뒤를 봐준
등 뒤에 두 눈 하나쯤 나눠 달고 싶은 날

이순권

겨울 정형시

모국어의 젖줄 물고
비색 하늘 우러르다

해와 달 바라기에
발돋움한 직립의 뼈

저리는 발목 깊숙이
속울음을 쟁여 놓고.

푸른 잎새 손뼉 치던
새 소리도 사라지고

팔다리 찌릿찌릿
군더더기 묻는 옹이

나무는 옹근 정형시,
천지인이 덩두렷한.

이승은

한 벌 시

한때는 목젖에 걸려 울음도 뱉지 못한, 눈썹 위 저만치에 낮달인 양 훔쳐보던, 새벽녘 들이친 빗줄기로 무작정 젖어들던

이제는 모르는 일 까막눈이 된 것처럼, 삶은 달걀 까먹듯이 모신 말을 까먹느라, 헛배만 더부룩했다 그 못된 식습관에

해와 달이 지날수록 나는 왜 이럴까, 오래도록 껴입어서 후줄근히 땀이 밴 시, 한밤중 홀연히 깨어 부끄럽게 벗는 시

이승현

귀항

깍지 낀 어둠 헤치며 항구로 돌아가는 배
헐거운 방향타로 닻 내릴 길을 묻는다
날 세운 파도 재우며, 바람 모두 싸안으며……

섬을 스칠 때마다 고동 소리 건네 봐도
깜박이던 등대마저 메아리조차 없어
오늘도 잠들지 못한 노숙의 별만 본다

울컥 이던 뱃머리로 내항의 문을 열면
언제나 나의 편인 아내가 거기 서 있다
비어서 쪼그라든 어창에 달빛 가득 붓는다
.

이애자

백동백

밀항 간 할아버지
끝내 둥지 따로 트셨다

삼백예순날 광목수건 머리에 질끈 동여
난간에 잠시 걸쳤던
외할머니 짧은 생

마음 깎아 고독사孤獨寺
절 한 채 지으셨다
스스로에게 입힌 내상을 다스리려다
화근이 된 외고집이
더 큰 그늘을
만들었다

눈빛은 온화해지고 대신 힘을 잃었다
이따금 할아버지 동박새로 앉았다 가면
북받친 하얀 속울음 소리 없이 '툭' 떨궜다.

이양순

한밤에

만약
이 어둠이
귀를 키운다면

너의 별에서
네가 하는
이야기가 들릴까

이제 막
용기를 내어
고백하려는 그 말을

어둠이
고요를 더해
소리의 근원에 닿아

아직
말하지 못한
망설임에 길을 내어

내 귀에
스며들 그 말
들을 수만 있다면

이옥진

무적霧笛

서럽게 등대가 운다, 55초마다 5초 동안
온 천지 해무에 싸여 간절곶도 묻혀버린 날

어둠 속, 너를 향하여
목이 쉬는 하얀 짐승

해안선도 수평선도 허공으로 사라진 날
안개를 이기는 건, 오로지 소리 하나

조심해, 방향을 잃지 마
부우~부 젓대가 운다

꿈과 욕망 참과 거짓이 질척이는 늪을 헤매다
혼곤한 잠 속에서 흔들리는 촛불을 본다

그립다, 시대를 깨우는
울림 깊은 소리 하나

이요섭

여름밤

밤꽃 향기 그윽한 산마을 뜨락에 서면
뻐꾸기 우는 기슭 안개꽃 미리내여
풀이슬 내리는 하늘 왠지 그냥 그립다.

몸으로 우는 쓰르라미 퍽이나 지쳤것다.
잎잎에 고인 이슬 날개라도 적셔보렴
사연이 좋아서라면 나도 함께 울어야지.

이우걸

명가네 닭갈비집

열한 시 반이 되어도 문은 닫혀 있다
스티로폼 벽으로 바람이 들락거리고
입구엔 광고 전단지만 어지럽게 흩어져 있다

이웃한 쌀가게는 꾸역꾸역 견디고 있고
그 옆의 키즈 카페만 아직은 부산하지만
그들도 머지 않아서 이사를 갈 것 같다

골목에는 초병 같은 나목들이 서 있다
황량한 이 도시의 구름을 머리에 이고
연로한 철학자처럼 긴 사색에 빠져 있다

이원식

재잘재잘

아파트 후미진 곳
꽃밭 공사가 한창이다

인부들 비운 순간
날아든 참새 떼들

무엇이 그리 좋은지
밟아보고
쪼아보고

이은주

시 때문에
−자세히 보아야 예쁘다/ 오래 보아야 사랑스럽다/ 너도 그렇다
: 나태주 「풀꽃」

아빠가 엄마에게
이 시를 바쳤다가

부부싸움 크게 났다
내가 그리 못났나요?

풀꽃이
남이면 뭉클하고
나라면 불쾌하고

자세히 안 봐도
원래부터 예뻤다고!

장미로 불러주지
가시가 왕창 있는

꽃들은
가만히 있는데
저들끼리 쑥떡쑥떡

이정홍

당신의 강

피 묻은 능선 발아래 허옇게 메말라 가는

밤이슬 맺힌 초병 언 뺨을 훔쳐 내리고

겹도록 가슴 헤집는 당신 강 끝은 어딘가요.

달맞이 꽃말 당신 꽃상여 홀로 떠난 날

지난 날 별을 보며 살아보자 되뇌던 말씀

그 어디 언제쯤 만나 물새 마냥 사는가요.

이정환

물망

한시도 잊지 말라고 그는 내게 말했다
그 역시 한시도 나를 잊지 않고 있다며

그렇다
그것은 물망
연붉은 꽃봉오리

모름지기 잊을 것은 속히 잊어야 하는데
그와 나는 마침내 물망의 사이가 되어

잠들 때
눈물 머금고
깰 때 이름 부른다

이종문

모기

그러면 맞아죽을 게 뻔한데도 불구하고

경계경보 사이렌을 앵앵앵~ 울려주는

모기는 인간적이네, 예禮라는 게 남아 있네

이지엽

내가 사랑하는 여자
―추월산

언제나 간접화법으로
애둘러 말하는 여자

봉우리 끝 다 닿아서
터널 속 지나서도

본심은 끝내 말을 않는
상징象徵의 숲
속 깊은 여자

이처기

정선에서 만난 가락

가신 님 기다리는 아우라지 강둑에
벗어 놓은 고무신 한 짝 풀섶물 드는 나절
외매미 울음 소리는 청산을 울립니다

아리랑 정선장에 가객들 모여들어
영 넘는 추임새에 자던 어깨 들먹이며
고쟁이 속곳 가랑도 절로 들썩입니다

얼멍한 삼베올에 한땀 한땀 심는 가락
하늘 길 굽이 굽이 심어 놓은 초록별이
못다 한 정한을 품고 또 고개를 넘습니다

이태순

뒤편의 그늘

뒤편이 익숙한 채 사과나무 늙어갔다

사람이 지나가고
와삭 밟힌 뒤편,

오그린 장수풍뎅이 발 하나 뭉개졌다

그늘에 눌려 살아도 다치지 않던 그들

상처가 많아졌다

새살이 돋을 무렵

사람들 다시 돌아와 사과 가득 담아갔다

이태정

도시의 가마우지

하게 먹은 아침 생목이 오르지만
오늘은 넥타이를 더 바짝 조인다
한 치도 느슨해질 수 없는 도시의 출근길

어제보다 더 깊은 강바닥을 잠수해서
날쌔게 먹이를 낚았지만 소용없는
온전히 삼킬 수 없는 내 것 아닌 내 것들

외상값 장부처럼 커져 있는 고지서와
채워도 마이너스 잔고인 통장뿐
게워도 게워 내어도 게울 것 없는 빈껍데기

이택회

여보게, 보자기

가방이란 네 친구는 참으로 의뭉하지만
자네는 겉과 속이 한결같아 좋네 그려.
속엣것 감추지 않아 지음^{知音}이라 할 만하네.

네 친구는 사귐에 상대를 고르지만
자네는 가림 없이 두 손을 내밀고서
악업을 벗어버린 뒤 너털웃음 웃잖은가.

자네는 나아가고 물러남이 분명하여
일할 때는 온몸으로, 물러나면 없는 듯이
청백리 같다고 할까 선승이라 이를까.

이르는 곳마다 주인처럼 먼저 나서
때에 따라 곳에 따라 소임을 다하나니
공자의 군자불기란 바로 자넬 이름일세.

이화우

장마를 견디다

지상에서 비를 받는 소리가 각각이다

마른 밑자락이 때를 오래 기다린 듯

몸 안의 눅눅한 곳을 번갈아 품어준다

허공을 할퀴며 내달리는 빗금들이
난간을 두드리며 가까이 다가오다
난해한 망치질 같은 흡착음을 나눈다

제어 못한 목청이 침묵으로 섞이다

너무 먼 길들은 중력으로 휘게 한다

썩다 만 감자를 골라 부대 속에 담는다

이희숙

가영이
-고향일기

어미 정 모르는 가영이가 혼자 논다

봉숭아 절로 피고 강아지랑 집 지키며

공부에 짓눌릴 일도 채근하는 이도 없이

그림자 놓칠까 살금살금 따라오던

그리움이 웃자라 눈망울이 큰 아이

적막한 산골 마을에 반딧불로 남았다

인은주

발걸음이 향하는 곳

빛을 향한 식물처럼 온기에 길들여져
네 쪽으로 한 발짝 꽃잎도 준비하다
한순간 뒤돌아섰다 발걸음이 그랬다

캄캄한 벌판에서 짐승처럼 몸을 떨며
조금 더 웃지 않은 과거를 후회하다
깊숙이 어둠 속으로 한 발 더 들어갔다

임 석

으악새

외진 언덕배기 그 이름은 '사랑의 손짓'
흔히들 사람들은 억새라고 부르는데
외딴집 그 소녀만은
으악새라 불렀지

늦가을 그 소녀는 내 품에 안겨 와서
하이얀 깁을 쓰고 가만가만 반겨들며
바람의 낮은음자리
가슴 한켠 앉혔지

한 장 그리움을 강물에 흘려 놓고
소녀는 언덕에 서서 콧노래를 불러댔지
내 가슴 은빛 플루트
우는지도 모르고

임성구

꽃이 핀다

음력 이월 초파일 어머니 다녀가시면
산에 들에 모유 냄새 뭉클한 꽃이 핀다
꽃으로 피어서라도 젖 물리고픈 내 어머니

꽃이 피면 나도 몰래 웃음 종지 놓고 가신 거다
몇 날 며칠 어린 새가 슬픔에만 잠길까봐
봄에서 가을까지 피다가
눈꽃까지 피우신 거다

제아무리 사는 일이 눈물겹다 칭얼대도
어느 능선 어느 절벽 매달려서까지 젖 물리신

어머니, 그 꽃만 할까

우주를 덮는

향기 만발

임영석

콩난을 보며

저 남쪽 어느 섬에서 콩난을 가져와서
돌에다 붙여 놓고 물을 주며 가꾸는데
뿌리가 돌에 내려서 살아갈 힘을 찾았다.

처음에는 설마 이게 얼마나 살아갈까
걱정 반 기대를 반 섞어 가며 가꾸었는데
이제는 그런 걱정은 하지 않고 살아간다.

뿌리가 돌에 내려 푸르른 콩난 잎이
허공의 바람 한 줌 벗삼는 아침마다
수만 평 넓은 하늘이 내 것인 양 흐뭇하다.

임채성

곰소항

밖으로 벌기보다
속을 내준 작은 포구
해감내와 비린내가 꿰미에 걸릴 동안
느릿한 구름 배 한 척
무자위에 걸려 있다

한때는 누구든지 가슴 푸른 바다였다
갈마드는 밀물썰물 삼각파도 잠재우는
소금밭 퇴적층 위로 젓갈빛 놀이 진다

제 몸의 가시 뼈도
펄펄 뛰는 사투리도
함지에 절여 놓은 천일염 같은 사람들
골 패인 시간을 따라
뭇별이 걸어온다

임태진

그리움을 닦다

날개 없는 새들이

빌딩 벽을 날고 있다

한갓 밧줄 하나

겨우 잡은 세상 한 끝

닦는다

내 어두운 날들

그리움도

닦는다

장수현

석탑은 최초의 우주로켓

1957년 스푸트니크 1호는 신의 성전에 들어가
졸고 있는 신의 수염 어루만지고 돌아왔다

인류가 태초로부터 쌓던
바벨탑은 재건되었다

잠든 신은 죽었다고 서양인들은 보도했으며
주인 없는 성전으로 앞 다퉈 이주하려 했다

그러나 격노한 번개에
바벨탑은 파괴되어 갔다

1,400년 전 백제 땅에 모여 살던 석공들은
눈 맑은 백성 위해 밤새도록 별을 쪼았다

인류의 최초 우주로켓인
미륵사지 석탑을 만들어냈다

56억 년 후 찾아온다는 신의 약속 새기며
뭉뚝한 손가락이 잘려 나가도 정을 다잡았다

이 땅에 불립문자不立文字로 선
석탑이야말로 최초의 우주로켓이다

장영춘

봉하마을

세상은
가벼운 낙화
동백꽃 같은 것을

부질없다
부질없다
되뇌이며 가는 구름

절벽에
석화 한 송이
바보처럼 피었다

장은수

돌 속의 고래

빙벽 속 한 왕조가 물 소리로 울고 있다
누군가 날린 골촉 허리춤에 박아두고
구석기 그 먼 나라를
역류하듯 더듬는다

강물에 쏟은 핏물 바다로 흘러간 뒤
시간의 정을 들어 새겨 놓은 선사의 아침
동해의 살 비린내가
반구대에 묻어난다

바닥을 가늠 못할 옛 왕조 울음 따라
바람도 숨 가쁘게 속엣말을 쏟는 계곡
대곡천 한 줌 햇살이
겨울 끝을 읽고 간다

장지성

귀뚜리 공公에게

봄여름 긴긴 날에 어디서 무엇을 하다
찬 이슬 가을 오면 밤마다 내 창에 스며
저토록 애간장 녹이는 피울음을 토하느냐.

스산하게 지는 잎들, 바람결이 위무慰撫하는
사랑을 잃었더냐 생이별이 있었더냐
그래도 울지 않으면 그마저도 고통이더냐.

꿈 많던 소년 시절, 성년 장년 그 때에도
애절한 저 부름에 긴긴 밤 뒤척이던
다스린 가슴앓이 병을 또 도지게 하느냐.

전연희

마을버스 가는 길

분꽃이나 접시꽃이 길섶에 나앉는다

이웃의 찬거리를 환하게 꿰고 있는

낮은 담 웃음소리가 좁은 길을 지난다

하루가 숨가쁘게 넘어야 할 고개라면

좁은 문 지름길이 이 언덕쯤 될 것 같다

복숭아 몇 알 담아 든 뒷모습이 가볍다

전원범

실

할머니
물레 소리에
감아 두었던
그
시절이

어머니의 바느질로
깁고 깁던
그
푸른 꿈이

아내의
뜨개질 사이로
풀려오는
실
한 바람

전정희

위대한 육아

새끼 낳은 어미 토끼 털이 다 빠졌는데
몰골이 수상해서 가만히 살펴보니
허벅지 털을 다 뽑아 요람을 만들었네

세상에 하나 뿐인 천연 모피 요람이라니
헐벗은 허벅지에 붉은 빛이 선연한데
몸과 몸 서로 포개져 그 요람 아직 따뜻하네

혀로 핥아주고 체온으로 덮어주고
기저귀도 필요 없고 빈부 격차 해당 없이
온 몸을 열고 또 열어 새끼의 새끼를 먹여줄 뿐

어미를 먹고 살고 어미를 물려주는
역사도 전통도 없고 문명도 문맹도 없이
몸 바쳐 수신 공양하는 둥지마다 뜨겁다

정경화

종이꽃

마지막 꽃잎 지고 이별처럼 비 내리면

눅눅해진 약속들을 다림질하는 얇은 꿈

다시금 너를 접는다 나를 넣어 접는다

정도영

거미가 사는 집

숨 막히는 곡절에
덧문마저 닫아걸고
촉수에 닿는 빛도
꺾어 감춘 시간 끝
이 아침 참새소리가
멈춘 피를 돌게 한다

언제였나 올려보던
천장의 해 달 별
그대 가신 세월만큼
거미줄은 우묵장성
호지를 하듯한 손길 끝
매미소리 들려온다

정수자

꽃눈말

너무 늦었거나 쿨한 척 접었거나
젖어야 터지는 시한 없는 말이 있다

미안해, 딱딱해진 심장을
조금 발라 내어놓는

비쭉대는 입술에 마른 침을 바르며
녹슨 펌프에 마중물을 숙여 붓듯

나직이 내뱉는 순간
저 먼저 씻기는 말

남몰래 벼린 날로 옹이를 마저 베고
퍼렇던 서슬쯤 슴벅슴벅 껴안으면

미안해, 늦어 더 새뜻한
그냥 마냥 꽃눈 트는

정옥선

찬 봄

육천 원 시급도 좋고 밤새워도 좋은데

오 년 된 양복 한 벌 옷소매를 만져본다

―돈 쪼매,

―통장에 넣었다

눅진해진 전화기

흔적을 품고 있는 피로한 새벽 공기

지난날의 찐득함은 걸음마다 눌러 붙고

혹, 씹힌

생강 맛처럼

봄바람이 싸하다

정용국

라면

손대면 바스러지는 저 놈의 성깔에다
올올이 몸을 말고 곁마저 까칠하기는
앵돌아 등돌려버린 저 봉지 속 능구렁이

헛헛한 순간마다 마른 몸을 살라내면
은근히 여며주는 엄마의 괴춤처럼
뉘라도 외롭지 않다 살갑고 푸근하다

시름 타래 풀어내고 간을 맞춘 멀국에는
알싸한 밤도 오고 쌉싸름한 시름도 모여
백동전 몇 잎 앞에서 두 무릎을 꿇는다

정지윤

계산기

한 시절 소중하게 쥐고 있던 계산기
먼지 낀 책상에서 할 일 잃고 방황한다
한때는 억억거리며
숫자들을 토해 냈다

숫자로 살아가는 사무실 서류 사이
신들린 듯 계산하는 손가락은 떨려오고
꾹꾹꾹 의미도 없는
숫자 점을 눌러본다

깜박이며 개미처럼 기어나오는 숫자들
C웃고 다시 한 번 AC 지워버린다
결국은 0으로 돌아가는
허무한 계산들

더하고 또 더하고 뺄 줄 모르는
욕심이 곱해진 세월의 계산기
이제는 나누기만 남았는데
숫자로 들어찬, 나

정평림

알파고*, 알파고

태초에 목숨 하나 직립보행 첫발 뗄 때
겹나선형 DNA같은 특수재료 쓴 줄만 알지

행간에 파묻힌 묘수
누군들 쉬 판독하랴

못 말리는 피조물답게 제 지능 조립해 놓고
알고 두는 판세라며 콧대 저리 세우는가

쌓아라, 더 높이 쌓아라
머리만 커진 저 바벨탑

친동생 '베타고'인지 맞장뜨자 또 올 게야
바닷가 모래성이 밀물 발치 허물어지듯

그래, 그 감성의 물꼬
초장에 한 번 터뜨려 봐!

* 구글 '딥마인드^{DeepMind}'가 개발한 인공지능(AI) 바둑 프로그램.

정해송

제야 일기
—난초 개화

제야 등이 홀로 타는 자정 부근 창가에는

별을 내신 손길 받아 난은 꽃대 뻗어 올려

창세 전 그날 비경을 은유하는 미학 시간

지상紙上에는 보도 없는 한 나라가 일어서고

맨 처음 숨결 따라 묶음으로 오는 소식

그 말씀 맑은 향에 뜬 선지 한 장 펼쳐 놓다

결기 서린 잎줄기에 먹물 푸른 밤이 휠 녘

붓 들어 한 획 그어 쓴 뿌리를 베어 내면

떠돌던 날이 갈앉고 속을 여는 정淨한 세상

정혜숙

달의 남쪽을 걸었다
―백운동 별서에서

달의 남쪽을 천천히 걸었다
두루마리 실록을 품은 나무는 미동 없고
바람의 음 $^♯$ 을 따라서
구름이 흘러갔다

숲은 어둑했고 품은 넓고 깊었다
햇살이 예각으로 소로에 앉을 즈음
발목이 붉은 새들이
포르릉 날아다녔다

기우는 햇살처럼 마음이 맑어졌다
어미닭이 병아리를 깃에 깊게 품듯이
월남리, 달의 남쪽에서
나무 경전을 품었다

정휘립

탁류濁流의 강

꽃철에 육체의 선은 무너지기 시작했죠
우린 한때 흘러가는 모든 걸 사랑했는데,
무형인 마음의 밑천도 바닥난 지 오래 됐죠

건장한 사내들처럼 산야를 함께 누빈 뒤,
녹조綠藻 물에 휴지처럼 부유하는 달의 영혼
시어詩語가 묵시적으로 피던 곳도 여기였죠

얼마나 처절할까, 사랑할 게 더는 없는 이들
새벽 늦게 드는 잠에, 작은 꿈 더 졸아들고
가을도 흙먼지에 쓸려 풍경 따라 날아갔죠

무한대의 기호라도 무에서 생기는 법,
흐를 정신만 있다면 탁류인들 뭘 못할까,
저 멀리 몰락한 미래에 눈발 무성할 강줄기여

정희경

장마

국밥집 노할매의 목소리가 굵어진다
'그래도 내한테는 금쪽 같은 자식인기라'
창문을 두드리는 비
삿대질이 한창이다

다섯 살 언저리의 마흔다섯 칠봉 아재
그 많던 손님 곁을 사슴처럼 뛰는 날
문 닫고 뜨겁게 말아 낸
붉은 국밥 두 그릇

제만자

바닥
-포차에서

국물이 얼룩진 바닥을 쓰는 동안

오직 남은 한 길로 새벽이 오고 있다

누구도 낮은 이곳을 바닥이라 말 못한다

해 뜨면 이내 덮을 정해진 시간 속에

새는 날까지 잔을 놓고 떠날 줄 모르는 이

바닥이 바닥 하는 일로 서로 힘이 되나 보다

조경선

옆구리 증후군

손가락을 때렸다 매일 하는 일인데

못은 이미 달아나고 의자는 미완성인데

날아온 생각 때문에 한눈팔고 말았다

상처 많은 나무로 사연 하나 맞추어 간다

원목의자만 고집하는 팔순의 아버지에게

때로는 딱딱한 것도 안락함이 되는 걸까

어머니 보내고 생의 척추 무너진 후

기우뚱 옆구리가 한쪽으로 기울어져

슬픔을 지탱하기엔 두 다리가 약하다

낯익은 것 사라지면 증후군에 시달린다

최초의 의자는 흔해 빠진 2인용

우리는 가까운 사람을 익숙할 때 놓친다

조동화

몸

일흔 언저리인데 관절들이 삐거덕거린다
위쪽을 바로잡으면 아래쪽이 틀어지고
오른쪽 받쳐주는 순간 왼쪽이 또 기운다

기계라면 벌써 몇 번 새 것으로 바꿨으련만
혼을 담는 이 그릇 부품마저 아예 없다
기워도 이내 미어지고 때워 봐야 금이 가는

아무나 넘볼 수 있는 봉우리가 아니거니
함부로 백세시대라 들먹이지 말 일이다
내려와! 준엄한 한 마디에 벗고 떠날 이 남루襤褸

조명선

줄 세우기

1.
사람 위에 사람 밑에 사람 없단 황홀한 거짓
장례식장 조화도 줄 세우는 자리매김
차라리 그래도 괜찮다 밟고 오르라 일러줄 걸

2.
입김 따라 흔들리는 못난 풍경 되느니
층계마다 시간마다 때맞춰 피어나는
흑싸리 쭉정이도 좋다 서두르지 않는 광장에선

3.
상처 위에 밀고 당기느라 등 떠밀지 말라고
고개 숙인 탓하며 떨어지지 않는 저 촛농
희망의 촛불을 보라 너를 사랑한다 바로 지금

조성문

해바라기 낚싯대

그 어떤 맘이었을까, 누굴 향해 하냥 서서
바람벽 울고 있는 다 떠난 섬 집 뜨락
웬 가을 씨알도 굵은
광어 한 마리 낚여 있데

씨줄 볕살 날줄 바람 엮을 대로 잘 엮은 걸까
낚싯줄도 미늘도 없이 목뼈만 흰 향일화
이따금 꼬리 언어인지
파닥이며 기척 내데

조 안

한강변에서

터지듯 쏟아지는 수중보에 갇혔던 강물
낙차가 클수록 물의 일도 격해지고
거칠게 내닫던 마음을
급물살에 흘려 놓네

휘돌다 굽이치는 물이랑 바라보다
강둑을 따라서 묵묵히 걷는 동안
물결이 가만 속삭이네
아무것도 아니다

어느덧 너른 강폭 언저리에 이르러
너울너울 흐르는 강의 노래 들으면
그렇지, 아무것도 아니지
그 강변에 나, 산다네

조영일

망월동에서 띄우는 엽서

광주로 가는 날 아침 굵은 비가 내렸다
산 자가 죽은 이에게 바치는 눈물이라며
함께 간 친구가 혼자 혀를 차며 중얼거렸다
살아서 말하지 못한 비굴함 탓이었을까
입 벌려 내리는 비 무작정 받아 깨물며
축축히 피에 섞이는 비를 맞아야 했다
망월동 가지런한 무덤에 와 비로소
턱없이 고개 숙이고 손 모아 쥔 부끄러움
내리는 비를 맞으며 씻고 또 씻는다

조영자

꿩망골

오늘은 누구네 집
제사인지 알 것 같다
꿩망골 논 한가운데
관통하는 샘물 하나
제삿날
이 물 아니면
젯밥 짓지 않는다.

고봉밥 같은 봉분 하나
옹이로 박혀 있는
양력 시월 열여드레
내 친정집 추도일
찬송가
한 소절에도
꿩소리 얼비친다

나무 묘종 옮기듯
주소 옮겨 스무 해
외눈박이 아버지
제주시에도 오실까
오늘밤
초인종 하나
내 안에 달아 둔다.

조오현

내가 나를 바라보니

무금선원*에 앉아
내가 나를 바라보니

기는 벌레 한 마리
몸을 폈다 오그렸다가

온갖 것 다 갉아먹으며
배설하고
알을 슬기도* 한다.

* 백담사 무금선원無今禪院.
* 슬다. 벌레나 물고기 등이 알을 깔기어 놓다.

조정희

나무 아래서

매미가 매암매암
들려주는 나무의 말

까치가 깍깍깍깍
대신하는 나무의 말

예쁘다
어렵지도 않는 말
눈 감고 또 듣는다

조주환

가을 햇살

채송화 씨눈 위에
빠작빠작 불길로 타다

고추밭 이랑으로
새빨갛게 번지더니

둥그런 추석이 지나자
더 바쁘게 쏘다닌다.

불길은 자꾸 번져
산과 들을 다 태우고

감나무 끝가지에
마지막 등을 달면

다 늙은 늦가을 햇살은
낙엽으로 뚝뚝 진다.

조한일

황제 노역

시간 당
5백만 원,
근로기준법 위반이다

황제를 부려먹은
교도 행정
괘씸죄

편의점
알바 시급 7천 원
내 알 바 아니다

지성찬

아가를 위하여

고이 잠든 아가를 가만히 들여다본다

평화의 기도가 가득한 하얀 얼굴을

별 같이 고운 손으로 한 하늘을 쥐고 있네.

아가의 맑은 눈에 하늘 나라가 떠오르네

보석으로 반짝이는 산꼭대기, 금빛 은빛 마을에는

파랑새 노랫소리가 종일토록 즐거웁고.

아가는 고운 눈으로 시를 쓰고 있네

꽃잎이 날리는 엄마 가슴에 귀를 대고

사랑의 시냇물 소리, 그 소리를 듣고 있네.

아가야, 너를 위해 오늘 무엇을 마련하랴

깨끗한 그릇에 찰찰 넘치는 맑은 물처럼

그 얼굴 환하게 비치는 하늘 같은 사랑을.

진복희

반딧불이 집 2

반딧불이 우리 집에
촉새가 찾아 들었다.

혀짤배기 소리로
카톡, 카톡 울 때마다

일제히
파릿한 불을 켜고
깨어나는 반딧불이.

반딧불이 꽁무니에
매달린 그 촉새가

말풍선을 터뜨리며
어지럽게 떠다닌다.

잘 맞는
빛과 소리의 장단,
반짝 반짝,
까꿍 까꿍.

진순분

우리 집엔 직박구리가 세 들어 산다

어떻게 알았을까 먹이 놓인 10층 베란다를
높은 나무 위에서 바람결 향기 따라
새들은 멀리 보는 눈, 혜안으로 날아온다

신통하게 주변 살펴 암컷 먼저 먹이고
수컷 기다려주며 사이좋게 두릿대는
제 딴은 고마웠는지 직직박박 한 소절 운다

날개 펼친 하늘엔 다툼 없고 경계 없어
먼지처럼 새털처럼 빈 몸이 아름답지만
이 땅은 공짜가 없어 새똥 한 점 꼭 누고 간다

최도선

못질 소리

어둠도 가시기 전 어디선가 못 치는 소리
예수가 못 박혔다는 산딸나무 꽃가지에
새 앉아 우는 소리를 못 치는 소리로 듣네

모서리와 모서리를 간극 없이 맺어주고
떨어진 인연들을 끈 없이도 이어주는
공사장 못질 소리를 죄인 박는 소리로 듣네

십자가에 못 박힌 건 사랑을 위함이라
입술로 전해지며 몸에 스민 사랑으로
이제는 망치 소리도 새 소리로 듣는다

최성아

양말 트럭

멈춰선 차바퀴에 낙엽만 들락대는
퇴근길 가장자리 발들이 묶여 있다
포장을 풀어 놓으면 갈래갈래 피어날 꿈

문턱을 넘어야 하는 걸음이 돌고 돈다
발 디딜 터 고르는 취준생 어깨 너머
즐비한 생의 무늬가 삭바람에 매달린다

어디든 달리고픈 낙엽 닮은 이력 위로
포개진 시간 따라 길을 꾸리고 있는
눈높이 자꾸 낮춘다
열 켤레에 오천 원

최숙영

옹달샘

맑고 맑은 네 물빛을
한 움큼 담아다가

우리 아기 볼우물에
꼭꼭 심어 주었으면

까르르
해맑은 웃음
퐁퐁퐁 솟아날 거야.

맑고 맑은 네 마음을
한 아름 안아다가

우리 아기 마음 속에
꼭꼭 심어 주었으면

뽀르르
어여쁜 생각
퐁퐁퐁 솟아날 거야.

최양숙

반짝 세일

고로,
나는 액체다
견고한 것을 녹인다

하여,
나는 고체다
부드러움에 중독된다

그래서,
나는 기체다
유혹에 여유롭다

마스크와
선글라스가
발등에 떨어진다

잽싸게
밀치고 가
카트를 채워간다

할인에
양보는 금물
인생은 반짝이니까

최연근

횡단보도

1
집채만 한 박스 뭉치
바람이 밀고 간다

리어카는 숨이 차고
파란 불은 깜박이고

바퀴에 매달린 울 할매
어제 왔던 그 길이다

2
줄을 이은 개미 떼
땅만 보고 달린다

허물 벗고 가랑이 찢고
빨간 불에 쫓기다가

갑자기 뒷다리 힘주고
돌아서는 한 마리

최영효

삽 하나

삽 하나 깊게 꽂고 땅을 향해 기도를 한다
내 맘을 니는 알꺼여,
나도 니 순정을 알제
떠돌이 낮달 하나도 발걸음 멈추고 섰다

김 매고 골을 타서 씨 심어 기른 자식
일흔의 여울목에 선 핏줄이 불끈해도
니가 내 진짜 새끼여,
멀리는 떠나지 말어

다랭이 경전을 펼쳐 다 못 읽은 이 하루를
뼈마디 저미도록 지는 해에 또 절하며
흙 속에 깊게 꽂는다
그대의 몸종이 되려

최오균

노량진엘레지

정녕, 너에게는 뒤지고 싶지 않아
소들한 수능성적표 책갈피에 묻어 놓고
컵밥을 삼켜가면서 스카이를 넘본다.

관공서 대기업은 이력서의 블랙홀인가
스펙을 보태 가며 자소서 다시 쓰는 날
꺼내 든 친구 명함이 명치 끝을 훑는다.

자격증 사태 만나 미로 같은 임용고시
이번이 마지막이다, 몇 번이나 다짐했건만
비탈에 물구나무 서서 명왕성을 탐한다.

최재남

과속방지턱

골목길 끌고 가는 폐지 실은 리어카 한 대

샛노란 폴리스 라인 앞 불신검문 걸렸다

다 쓰고 버려진 일상 주워 담았을 뿐인데

다그치는 경적마다 휘어지는 굽은 허리

무엇을 내려 놓아야 또 하루가 넘어가나

점점이 느려지는 걸음 노을이 와 밀어준다

최정남

구만 사발
―재현

"밥 한 술 더 먹게 해도" 머슴이 그랬다
도공의 밝은 귀가
허기를 채워주고
실없는 농담 한 마디 전설이 된 그릇

천 번을 더 태워도 다시 가고 싶은 곳
몇 겁의 불덩이 같은
어머니의 그 자궁 속
살과 뼈 한몸을 받아 온전히 태어났다

오동나무 상자에 가마 타고 시집을 온
뽀얀 새색시 얼굴
저 차사발 좀 보세나
시간을 거슬러 오른 사람 하나 걸어온다

* 구만 사발 : 경남 고성군 구만면에서 유래 되었던 사발. 구만이 사
발이라고도 하는데 보통의 밥그릇 보다 큰 이유가 구전으로 전해
내려온다.

최한선

전남대 교정엔 뭉게구름이 산다

한 3년 살다 보면 식는 것이 사랑이라는데
　오직 외길로만 37년을 살았어도 여태껏 못 벗어난 푸
른 무등의 햇살이라니
　광주의 만고상청萬古常青을 무어라고 말할까

과학의 배부름보다 지문指紋이 그리운 시간
　학회를 끝마치고 거니는 오랜 교정 머리 위를 유영遊泳
하는 하얀 뭉게구름들, 그 때는 뭉게구름들 이 땅에서 살
았다며
　파르르 전율로 답하는 내 친구 오월이여

오늘도 적십자병원 시멘트 바닥에는
　갈지之 자 물수* 자로 내동댕이쳐진 신음 소리 머리인
지 구름인지 알 수도 없었는데
　아직도 맘 놓지 못하고 교정에서 살다니

최형심

겨울나기

초겨울 주차장에
낙엽 한 잎 굴러와

맨 몸으로 기웃대다
세입자가 되었다

며칠을
채 못 보내고 떠날
엷은 잠을 청한다

애닯던 아랫목
불면의 어둠 안고

돌개바람 들이쳐도
나부끼지 않을 것처럼

파쇄될 그 순간에도
뒤척이지 않을 것처럼

추창호

경건한 노동

서 평 남짓 텃밭에도
파종할 꿈 있나 보다

기도하듯 쪼그려 앉아
흙의 경전 읽고 있는

할머니
억센 갈퀴손
송송 맺힌 땀방울

표문순

행운목

처음엔 오로지 한 도막 죽음 같았다
숨 같은 건 도무지 한 모금도 없어 보여
밑동을 물 속에 담그고 기원하듯 바라봤다

물관에 기생하던 대지를 들어내 듯
앞뒤도 알 수 없는 껍질의 지점으로
하얗고 푸른 배꼽을 태아처럼 밀어내니

꽃이다, 이십 년 받들어서 만개한
한 도막이 온전한 한 그루가 되기까지
깊숙한 뿌리의 기록 거실에서 읽는다

하순희

비 오는 밤

누군가 울고 있다 늦은 밤 창문 틈새
윙윙대는 바람 소리 부딪치는 빗방울
적막한 자정을 지나 더 거세게 흐느낀다

운다는 거 산다는 거 똑 같은 두 음절로
언제나 우리 곁에 동행하고 있었다고
한밤 내 온 몸 부딪쳐 유리창을 흔든다

힘들었구나 아팠구나 홀로 선 바람 속에
아무도 보듬지 못한 아픔을 마주한 채
용케도 살아냈구나 젖은 꿈을 채록하며

한미자

풍경

어깨가 욱신거린다, 매미 소리 탓일 게다

여름 지낸 가지 끝에 사과 한 개 위태한데

저 놈의 까치 한 마리

관절을 그냥 확!

한분순

시에 대한 시

은유를 거둔 뒤에 번지는 저린 피로
끝없는 끝이라서 서슬은 내내 붉다
우주가 끌어 잡힐 듯 머리맡에 앉았다

멀미를 하려는 듯 흰 뺨을 내밀다가
밤 기척 마주하고 긴 궤적 쳐다본다
자꾸만 식는 돌등에 되감기며 웃는 꽃

문장이 낭자한 곳 저물지 않는 환락
무게를 가늠하려 너울을 벗어본다
징징징 산이 울면서 시 한 편이 되려나.

261

한분옥

진홍가슴새

벼루에 먹을 갈듯 감추어 둔 어둠을

운다고 울어지더냐 말 다 할 수 있더냐

이 적막 생솔로 타는 밤을

네가 왜 우느냐

설령 어느 비탈에 사랑 두고 왔대도

나처럼은 말거라 울음 울지 말거라

질러 온 짧은 봄 허리

물러서지 말거라

현상언

참애인

1. 진달래꽃
진달래꽃 피었습니다 산에 산에 들에 들에
봄 바람에 싱숭생숭 바람이 났습니다
얼마나 애가 탔는지 벌거숭이 피었습니다

2. 반달
그 자리 늘 그 자리 산책삼아 쫓아가면
저만치 늘 저만치 도망을 갑디다그려
꿈이라 거짓부렁이라 금빛 칭칭 감아주세요

3. 마라톤
달립니다 달리고 달리고 또 달립니다
가까워집니다 조금씩 조금씩 가까워집니다
세상에 천지天地 사이에 도망갈 요량 말라고

4. 영혼
심장이 하나인데 둘이라고 한다면
아무래도 전생에서 당신을 만났을까요?
탈만큼 태웠다 하고 모르는 척 오시어요

홍성란

샌프란시스코에서

만지작만지작
너무 고르지 말아요

사랑일까 망설이는 사이 사랑도 놓쳐버리고

유람선
뱃머리 위로 지나가는 갈매기

홍성운

아버지의 중절모

장미꽃 한창 필 쯤 아내가 내민 선물

내리꽂는 햇살에 주눅 들지 말라며

한지 향 올올이 배인 모자를 씌워줍니다

그에 언뜻 떠오르는 안데스 산맥 사람들

남녀 모두 나들이엔 중절모를 쓴다는데

햇빛을 가리기보단 그들의 복식이겠죠

몇 살이면 중절모가 어색하지 않을까요

가만히 손을 얹어 거울 앞에 서 봅니다

빙그레, 소싯적 아버지, 저를 보고 있습니다

홍오선

맨발

발등에 일렁이는
유년의 퍼즐 조각

잊었던 그 시간을 더듬더듬 맞춰 가면

얼룩진
눈물의 말에
시려 오는 발 그림자.

어둠에 길들여져 목마름이 닿는 저녁

오래도록 걸어 왔던 길은 늘 제자리라

밤마다
열꽃이 피는
가여운 내가 있다

홍진기

보물상자

내 책상엔 없어도 될 열쇠 구멍 하나 있다

아무나 드나드는 만물상으로 가는 길이다

숨길 것
하나 없으니
잠가 본 적 없느니

내게도 열 수 없는 보물상자 하나 있다

철옹성 쌓아두고 파수병은 내가 서는

아무나
열 수 없는 상자
너를 갊은* 내 가슴

* 갊다 : 감추다.

황다연

달·2

어수룩한 은하에 배 한 척 떠 흐른다

고단한 날개 펴고 허공을 어루만지 듯

아무도 거스르지 않고 길을 밝히며 간다

황삼연

밤의 랩소디

잊을 수 있을 거라며 달래는 달빛입니다
부둥켜 웅크린 채 밤새도록 꼼짝 않을

식은 손
일으켜 끌며
눈부심에 떱니다

가쁜 물 소리에 걸음을 빼앗기고
안단테로 우짖는 새 다잡은 속 헤아릴 때

풀섶에
쏟아진 별빛
환한 등이 됩니다

황영숙

안국사

상처도 곱게 아문 툇마루 골을 따라

다 닳은 승복 한 벌 허물처럼 벗어 놓고

스님은 어디로 가셨나

반쯤 열린 적막 한 채

'기다림이 발효지요, 발효가 곧 성불이지요'

그 말씀 그 뜻대로 익어가는 골짜기

해종일 장독만 닦는

불두화가 사는 집

황인원

노을에 갇히다

임진강 저편 너머로 피 토하는 해를 보았네
붉은 피가 그렇게 아름다운 줄 처음 알았네
넋 놓고 쳐다보다가 그 몸부림에 갇혀 버리네

해오름의 희망보다 지는 넋의 깨달음이
참을 수 없이 아름답다고 갇힌 몸이 생각하네

이승에 갇혀 있음은
그래서 더욱 새롭네

저만치 여름 숲이 빤히 보이는데
해를 따라 나, 지고 있네
헛된 것이 아니네
나뭇잎 고개 끄덕이며 나를, 해를 배웅하네

황점태

네 배

-네 눈이 네 개로 보이는데 어쩜 좋아?

동그란 눈 가까이 더 가까이 다가와선

=선생님, 저를 네 배로 사랑해서 그래요.